Km
123

Andrea
Camilleri

Km 123

Andrea
Camilleri

Traducción de
Juan Carlos Gentile Vitale

Ediciones Destino
Colección Áncora y Delfín
Volumen 1486

Título original: *KM 123*

Ediciones Destino, un sello editorial de Editorial Planeta, S. A.
Avda. Diagonal, 662-664, 08034 Barcelona (España)
www.edestino.es
www.planetadelibros.com

Primera edición: enero de 2020
Segunda impresión: febrero de 2020
ISBN: 978-84-233-5666-9
Depósito legal: B. 25.637-2019
Composición: Realización Planeta
Impresión y encuadernación: Black Print
Printed in Spain - Impreso en España

El papel utilizado para la impresión de este libro está calificado como **papel ecológico** y procede de bosques gestionados de manera **sostenible.**

I

Mensajes recibidos

Ester: No entiendo xqué tu móvil está apagado desde ayer por la tarde.

Es absolutamente necesario que hablemos.

Llámame.

Ester: Te lo ruego, te lo ruego, te lo ruego. ¿Dónde te has metido?

¿Xqué no me llamas?

Ester: No consigo entender tu silencio, estoy muy preocupada.

Pienso en lo peor.

Ester: ¿Qué sucede?
¿Xqué me haces sufrir así?

Es muy importante
que hablemos.

Ester: No me obligues
a telefonear a tu mujer
para tener noticias.

¡Llámame! Estoy muy mal.

—Señora, me llamo Giacomo. Soy el enfermero encargado de esta habitación. Quería decirle algo.

—Dígame.

—Dado que la hospitalización de su marido no será breve, le aconsejo que se lleve a casa sus efectos personales.

—El traje, considerando su estado, lo pueden tirar. Y también los zapatos.

—Está bien. Pero no me refería sólo a eso.

—¿Qué quiere decir?

—Señora, en el bolsillo tenía la cartera, el móvil, las llaves...

—Ah, sí.

—Si ahora tiene la bondad de seguirme, se los daré.

—Disculpe, ¿no puede traérmelos aquí?

—Tiene que firmar el recibo. También hay que hacer el control.

—¿Qué control?

—Señora, es el procedimiento habitual. Su marido llevaba la cartera en el bolsillo, ¿no? Dentro había una suma considerable, tres mil euros, si no recuerdo mal, y dos tarjetas de crédito, una de débito, una chequera, el carnet de conducir... En el momento de la aceptación se toma nota de todo, para que luego no surjan impugnaciones a la entrega... ¿Me explico?

—Sí. Lo entiendo.

—¿Diga?

—¿Casa de los Davoli?

—Sí. ¿Quién habla?

—¿Es la señora Giuditta Davoli?

—Sí. Pero ¿con quién hablo?

—Soy Ester Russo. Nos conocemos, ¿lo recuerda?

—Yo no...

—El mes pasado, en casa de Anna de Robertis, por aquella reunión de beneficencia...

—Ah, sí, lo recuerdo. ¿Cómo está?

—Bien. ¿Y usted?

—Bastante bien. Dígame.

—En realidad, yo quería hablar con su marido.

—¿Con Giulio?

—Sí.

—Deme a mí el mensaje, se lo haré llegar.

—Señora, soy abogada, quizá no se lo dije cuando nos conocimos. Estoy... ¿cómo decirlo?, debo atenerme al secreto profesional.

—Entiendo.

—¿Su marido no está en casa?

—No.

—¿Sólo tiene un móvil?

—Sí.

—No tiene otro.

—Que yo sepa no.

—Porque lo he llamado y no responde.

—No puede responder.

—¿Por qué?

—¿No lo sabe?

—¿Qué?

—¡Salió incluso en Il Messaggero*!*

—Pero ¿el qué?

—Giulio tuvo un horrible accidente de tráfico.

—¡Dios mío! ¿Y ahora cómo está?

—No es grave. Ha sufrido un traumatismo craneal, tiene la mandíbula fracturada y tres costillas rotas. No está en condiciones de hablar.

—Dios mío, Dios mío, Dios mío...

—No sabía que era tan amiga de Giulio.

—No..., es que... tenemos excelentes relaciones... profesionales..., pero una noticia tan repentina..., comprenderá...

—Lo comprendo.

—Señora, ¿podría decirme dónde lo han ingresado?

—¿Para qué?

—Tengo que verlo..., tenemos un trabajo pendiente muy importante...

—Por ahora los médicos le han prohibido las visitas. Temen que surjan complicaciones a causa de la herida en la cabeza... Por eso le he dicho que me lo dijera a mí, yo puedo entrar a verle cuando quiera. Si es algo importante...

—Importantísimo.

—Entonces...

—De acuerdo, señora, hagamos lo siguiente. Dígale que en cuanto pueda se ponga en contacto conmigo, por cualquier medio.

—Perdone, ¿cómo ha dicho que se llama usted?

—Ester Russo.

—Se lo diré.

—Gracias, señora. Es usted muy amable.

—¿Está segura de que yo no puedo ayudarla?

—Lo estoy.

9 de enero de 2008

Il Messaggero

Grave accidente de tráfico

Ayer, poco después de la medianoche, un Panda, conducido por el conocido empresario de la construcción Giulio Davoli, fue arrollado mientras recorría la via Aurelia hacia Roma, a la altura del kilómetro 123, por otro coche que circulaba a gran velocidad.

El coche que lo embistió prosiguió su loca carrera, mientras que Davoli perdió el control de su vehículo y se precipitó por un barranco. Con la ayuda del conductor de otro automóvil que pasaba por esa vía, lo trasladaron al hospital, donde el empresario fue ingresado con pronóstico reservado. Nos parece oportuno mencionar el nombre de la persona que lo rescató, el señor Anselmo Corradini, de Roma. En tiempos de despreciables piratas de la carretera o de gente que pasa de largo ante situaciones de grave dificultad, él se detuvo para prestarle auxilio y, viendo que la ambulancia se retrasaba, no dudó en cargar al herido en su coche y llevarlo personalmente al hospital.

—¿Diga?

—¿El señor Anselmo Corradini?

—Soy yo.

—¿Usted es el que rescató...?

—¡Y dale! ¡Es la cuarta llamada! ¿Cómo podéis tener tanto tiempo libre para tocarme los cojones?

—Perdone, sólo quisiera saber si es usted o no.

—No soy yo. ¡Ni siquiera tengo coche!

—¿Diga?

—¿El señor Anselmo Corradini?

—Sí.

—Perdone, ¿es usted quien la otra noche rescató a un automovilista que...?

—Sí, soy yo. ¿Usted es periodista?

—Sí, del Giornale Radio.

—¿Me quiere hacer una entrevista?

—Sí, si fuera tan amable...

—No hay problema. ¿Cuándo quiere venir?

—En realidad, no es necesario que nos veamos. Se la puedo hacer por teléfono. Incluso ahora si le va bien.

—De acuerdo. Pero primero quisiera tomar un vaso de agua. Estoy un poco emocionado.

—Adelante.

—Aquí estoy.

—Perdone, señor Corradini, me preguntan del Departamento de Dirección si puede decirnos el nombre del hospital donde llevó al señor Davoli. Así mandarían a un equipo para hacerle una entrevista también a él. Sería bueno para el artículo.

—Lo he llevado al American Hospital.

—Gracias. Cuénteme.

—Pues yo venía de Grosseto, con mi mujer y mi hijo, Nicola, que tiene seis años y está en primaria. Habíamos ido a ver a la hermana de mi mujer, que no se encontraba bien. Y llovía. Nadie ha escrito que llovía a mares, y que había escasa visibilidad... ¿Me sigue, señorita? ¿Sí? ¿Hola? Maldita sea, se debe de haber cortado.

—Perdone, ¿el señor Giulio Davoli?

—Espere, voy a mirarlo. Habitación doscientos diez. Pero no se admiten visitas.

—¿Qué significa eso?

—Significa exactamente que no se admiten visitas.

—¡Pero soy su prima!

—Le diría lo mismo si fuera su hermana.

—¡Pero Giuditta entra cuando quiere!

—¿Y quién es Giuditta?

—¡Su mujer!

—La señora tiene un permiso especial.

—¡Pero debo verlo de inmediato!

—No puede hacer nada. Ése es el procedimiento. Buenos días.

—¡Dios mío! ¿Y ahora qué hago? ¿Qué hago?

—Oiga, no monte una escena, por favor. Y sobre todo no se ponga a llorar aquí.

—Señora...

—¿Sí?

—Cálmese. He oído lo que le ha dicho sor Matilde. Ésa es una cabrona. Si quiere...

—Perdone, ¿quién es usted?

—Me llamo Giacomo. Soy enfermero. El señor Davoli es mi paciente.

—¿Podría ayudarme a hablar con él?

—No. Sería demasiado peligroso. Y además no puede hablar debido a la fractura de su mandíbula. Aunque puede escribir, eso sí. Pero si quiere que yo le diga algo...

—¡Ojalá! Dígale que Ester tiene la imperiosa necesidad de ponerse en contacto con él lo antes posible. ¿Me hace este favor? Le escribo mi número de teléfono.

—Claro.

—¡Dios mío, parece increíble! ¡No sé cómo agradecérselo! Tenga, esto es para usted.

—Gracias. Y esté tranquila.

De: estergigante@hotmail.com
Para: mariadestefani@hotmail.com
Asunto: Un abrazo
Fecha: 10 de enero de 2008

Querida Maria:

Prefiero escribirte en vez de telefonearte. Por teléfono me emocionaría demasiado y, en cambio, necesito reordenar las ideas, porque me han ocurrido muchas cosas. Nunca como en estos días me había pesado tanto tu ausencia. Se trata de hechos que me han conmocionado y que me hacen prever lo peor. Si estuvieras aquí, podrías aconsejarme y, sobre todo, ofrecerme ese consuelo que solamente tú eres capaz de darme. Como sabes, veo a Giulio tres veces a la semana, por la tarde, en el pequeño apartamento de Borgo Pio que ha alquilado para que podamos encontrarnos con total tranquilidad.

El coche lo aparco siempre en el callejón paralelo. Las llaves se las dejo a un frutero muy amable, que se llama Carlo y está medio enamorado de mí, para que lo aparte si es necesario. Pues bien, hace un mes Carlo me contó un hecho curioso que tuvo lugar poco después de que yo hubiera aparcado el coche. Mientras atendía a un cliente, se dio cuenta de que alguien fotografiaba con un móvil la matrícula del automóvil. Creyendo que se trataba de un agente de tráfico, se asomó fuera de la tienda para decirle que pensaba que estaba bien aparcado.

Pero aquel desconocido, sin decir palabra, se alejó a toda velocidad.

En efecto, Carlo me había explicado que, gracias a un golpe de suerte, había conseguido aparcar el coche en el sitio de otro que se acababa de ir. Por tanto, no había ningún motivo para poner una multa o una amonestación. El hombre iba de paisano, bastante bien vestido. Cuando le expliqué lo sucedido a Giulio, se quedó preocupado. Y me preguntó si estaba segura de que Stefano no sospechaba nada. Según él, no podíamos descartar que mi marido hubiera contratado a alguien para que me siguiera. Ahora bien, tú conoces a Stefano. Es un hombre reservado, a veces un poquito sombrío, pero absolutamente incapaz de engañarme. Todo lo que piensa lo dice abiertamente, y a veces con poca delicadeza.

Si hubiera tenido la más mínima sospecha sobre

mí y Giulio, no habría dudado en decírmelo a la cara.

Las cosas estaban así cuando, hace algunos días, fui a limpiar un poco el apartamento, aprovechando que Giulio estaba fuera de Roma. Aprovecho para limpiar cuando estoy sola, porque si él está presente, acabo haciendo cualquier cosa menos la limpieza.

En cualquier caso, a la salida...

¡Dios mío! Cuando lo pienso, me tiemblan las piernas y me siento empapada de sudor.

Al salir del portal había un coche aparcado justo enfrente. Resultaba imposible no verlo.

Lo reconocí de inmediato: ¡era el coche de Stefano, mi marido!

Estuve a punto de salir corriendo, pero, no sé cómo, conseguí controlarme y observarlo mejor. Era imposible leer la matrícula, el automóvil estaba encajado entre dos coches.

Tuve el valor de acercarme. Reconocí el parasol de detrás de la luna trasera.

Miré a mi alrededor. Stefano no estaba en las inmediaciones. A menos que se escondiera en un portal...

¡¿Te imaginas en qué estado de ánimo me quedé esperando a que regresara para la cena?!

En cambio, él actuaba como de costumbre.

Estaba a punto de tranquilizarme cuando, a la hora del postre, me soltó esta frase: «¿Hoy por la tarde estabas en Borgo Pio?».

Me quedé helada. El esfuerzo para mantenerme bajo control fue terrible.

«¿Yo? ¿En Borgo Pio?», pregunté fingiendo estar muy asombrada.

Y luego añadí: «¿Por qué me lo preguntas?».

Y él respondió, sin dar ninguna importancia al asunto: «Me pareció verte».

Y después de una pausa: «Me habré equivocado».

Y ya no abrió más la boca.

Nos fuimos a la cama.

Y quiso hacer el amor.

Ahora bien, tú lo sabes, porque ya te lo he confiado, que él tiene su calendario, y que lo cumple de manera escrupulosa y tediosa: a comienzos y finales de mes. Ese encuentro a destiempo me sorprendió y me preocupó.

Y después me inquieté aún más.

Stefano fue muy violento y colérico. En seis años de matrimonio nunca lo había visto así.

¿Por qué?

Naturalmente, al día siguiente llamé a Giulio para contárselo, preguntarle cómo debería comportarme y decirle que quizá deberíamos suspender durante algunos días nuestros encuentros en Borgo Pio.

Sin embargo, no respondió a mis llamadas.

Desesperada, me decidí a telefonear a su mujer.

Así he sabido que tuvo un accidente de tráfico y

que se encuentra ingresado en el hospital. No puede hablar, tiene la mandíbula fracturada.

Y yo estoy aquí sin saber qué hacer, confundida y asustada.

Un fuerte abrazo,

Ester

P. D.: He pensado en ir mañana por la tarde a Borgo Pio. Estaré una hora sin hacer nada y después me marcharé. Quiero ver si alguien me sigue o si me encuentro el coche de Stefano aparcado de nuevo en las inmediaciones.

2

—¿Quién es?

—Soy Giacomo, señora.

—¿El enfermero?

—Sí, el enfermero.

—Cuarta planta, la puerta a la derecha del ascensor.

—Buenos días, Giacomo. ¿Ha hablado ya con Giulio?

—Sí, señora. Me ha dicho que, si usted quiere escribirle, me dé a mí la carta y yo se la llevaré.

—¡Gracias a Dios! ¡Lo hago de inmediato!

—Yo entretanto podría...

—¿Cómo está?

—Un poco mejor. Pero ¿sabe?, son fracturas que necesitan su tiempo para curarse. Señora, ¿tardará mucho en escribir?

—Una horita...

—Entonces hagamos lo siguiente: yo voy a hacer otro recado y luego paso a buscar la carta.

—¿Seguro que volverá a pasar?

—¿Bromea? Soy un hombre de palabra.

—Hasta luego, entonces.

—¿Diga?

—Ester...

—¡Maria! ¡Me alegro de oírte! No sabes cómo...

—He recibido tu email. ¿Has ido a Borgo Pio?

—Ayer quería ir, como te había contado, pero en el último momento no pude, tuve un contratiempo. Iré hoy por la tarde.

—No lo hagas.

—¿Por qué?

—Porque si es verdad que tu marido sospecha algo, dejarte ver por allí no es muy prudente, ¿no te parece?

—Pero...

—Que yo sepa, no tienes parientes ni amigos en esa zona. Si te encuentras cara a cara con tu marido y te pregunta por qué estás allí, tan lejos de casa, ¿qué le dirás?

—He pensado en eso, ¿sabes? Le diría que hay una tienda de antigüedades que...

—No puedes.

—¿Por qué?

—Porque cuando te dijo que te había visto en Borgo Pio, tú lo negaste sorprendida.

—¡Por Dios, es verdad!

—¿Lo ves? Sé prudente.

—¿Sabes? Creo que he conseguido ponerme en contacto con Giulio.

—¿Cómo lo has hecho?

—Mediante un enfermero. Le he escrito.

—¿Y qué le has dicho?

—Prácticamente, lo mismo que te he contado a ti.

—Entonces, antes de hacer nada, espera su respuesta. No tomes ninguna iniciativa, te lo ruego.

—De acuerdo. ¿Cómo estás? Háblame de ti.

DICHO A GIACOMO PORQUE AÚN
ME RESULTA DIFÍCIL ESCRIBIR A MANO.
HE RECIBIDO TU CARTA.
NO TENGO NI MÓVIL NI DINERO DISPONIBLE
PARA MIS GASTOS PERSONALES.
POR FAVOR, ENTREGA A GIACOMO
CINCO MIL EUROS O LO QUE PUEDAS.
ES DE CONFIANZA.
DEBERÍAS INTERROGAR A STEFANO Y DESCUBRIR
SI TIENE OTROS MOTIVOS PARA IR A BORGO PIO.
UN BESO GRANDE, AMADA MÍA,
TE ECHO DE MENOS.

GIULIO

—Hola, Carlo.

—¡Señora Ester! ¡Cada día que pasa está más hermosa!

—Gracias.

—¿No me deja las llaves del coche?

—No, me marcho enseguida. Quería pedirte algo.

—A su completa disposición.

—Primero atiende a la señora.

—Aquí estoy.

—Carlo, ¿te acuerdas de que hace unos días me contaste que habías sorprendido a alguien que fotografiaba mi coche?

—Claro que me acuerdo.

—Te enseñaré una fotografía. Dime si es la misma persona.

—No, no es él.

—¿Estás seguro?

—Por Dios, señora, lo único seguro es la muerte.

—Entonces, ¿tienes alguna duda?

—A mí no me parece que sea el mismo hombre.

—¿Por qué?

—Creo que el otro era un poco más alto.

—¿Nada más?

—Y un poco más corpulento.

—¿Eso es todo?

—Señora mía, lo vi con el rabillo del ojo mientras atendía a una clienta. Y él, en cuanto me oyó, salió corriendo.

—¿Llevaba una gabardina o un abrigo?

—¿Puede creer que no me acuerdo?

—¿Sabes, Stefano? Hoy por la tarde no tenía nada que hacer y me entró una curiosidad. Dado que el otro día me hablaste de Borgo Pio, me dejé caer por ahí.

—¿Por qué?

—Porque no paso a menudo...

—Ah.

—Es bastante popular, ¿no?

—Sí.

—Pero las callejas son estrechas y me parece que los apartamentos deben de ser poco luminosos.

—Quizá.

—¿Al que vas tú es luminoso?

—Yo no voy a ningún apartamento.

—¿Ah, no?

—No.

—Y, entonces, ¿qué hacías por allí? Has dicho que te había parecido verme...

—Ester, ¡hablas como si yo fuera a Borgo Pio todos los días! Pásame la ensalada.

—Entonces...

—Entonces, ¿qué?

—No me has dicho adónde vas.

—¿A qué se debe esta curiosidad repentina?

—Está bien, si no quieres decírmelo, olvídalo.

—Oye, no es un secreto. Un cliente ha hecho construir una especie de glorieta en una terraza. El ayuntamiento, aduciendo que es abusiva, quiere que la derribe. Mi cliente, en cambio, dice que ha hecho la solicitud correspondiente y que al no haber obtenido una respuesta dentro del plazo legal... ¿Sabes?, el asunto del silencio administrativo...

—Entonces, ¿por qué me has dicho que no has estado en un apartamento?

—Porque una glorieta en una terraza no es un apartamento. Y ahora basta, que ya me has hartado con esta historia.

—Buenos días, señora.

—Buenos días, Giacomo. ¿Cómo está Giulio?

—Se recupera muy bien.

—¿No le ha dado nada para mí?

—Señora, ya no necesita las notas.

—¿Por qué?

—Me ha pedido que le comprara un móvil.

—¡Entonces puedo llamarle!

—No, señora. Él aún no puede hablar. Y además sería peligroso.

—¿Peligroso?

—Sí, señora. Entienda, quizá no se acuerde de apagar el móvil mientras está su mujer de visita...

—Es verdad.

—El señor Giulio ni siquiera quiere tener el móvil. ¿Ve? Es éste. Lo tengo yo.

—Pero si lo tiene usted...

—No hay ningún problema. Usted mándele mensajes. Cuando Giulio esté solo, yo se los enseñaré.

—Pero si tengo que contarle algo más largo...

—En ese caso me llama, yo vengo y usted me da una carta.

—¡Menos mal que está usted! ¡Es un verdadero ángel, Giacomo! Tenga, esto es para usted.

—Muchas gracias, señora. Es muy generosa.

—Deme el número del móvil, lo guardaré en los contactos de mi teléfono.

—3402476XXX. Ah, quería decirle que, dados los horarios de la clínica, sería mejor que le mandase los mensajes entre las nueve y las diez de la mañana, y entre las tres y las cuatro de la tarde. Son las horas más tranquilas.

—Entretanto, disculpe, pero ¿le podría llevar una carta?

—Esta noche no tengo turno. Se la podría entregar mañana por la mañana a las siete y media. Pero entonces no importa que le mande un mensaje.

—¡Prefiero una carta! Me va bien que se la entregue a las siete y media.

—De acuerdo.

Amor mío:

Estoy muy contenta de saber que te encuentras cada vez mejor. Nunca como en estos días me había dado cuenta de que no puedo vivir sin ti. Por primera vez siento muchísima envidia de tu mujer, que puede verte todos los días. ¡Cúrate pronto, te lo suplico!

He intentado sondear a Stefano, pero ha sido muy ambiguo, no me ha mirado a la cara mientras me hablaba y su tono de voz era tenso. Te cuento las cosas por orden. Ayer por la tarde volví a Borgo Pio con una foto de Stefano y se la mostré a Carlo, el frutero, para saber si era la misma persona que había fotografiado la matrícula de mi coche. Carlo no le ha reconocido, pero estaba bastante dubitativo. Luego he ido a nuestra calle. Pues bien, ¡el coche de Stefano no estaba aparcado en el sitio de la primera vez, sino un poco más alejado del portal! Es muy probable que me siga cuando salgo de casa. En la cena he sido yo quien lo ha provocado, diciéndole que aquella tarde había ido a Borgo Pio para conocer el barrio. Estaba aterrorizada, temía haber dado un paso en falso. Pero así he tenido la posibilidad de preguntarle por qué estaba él en Borgo Pio. Me ha respondido que había ido a ver a un cliente por una construcción abusiva. Pero, como te he dicho, no me pareció en absoluto convincente. Tengo miedo.

Entretanto, pienso que sería oportuno que, cuando estés en condiciones de moverte, busques otro sitio más seguro donde encontrarnos. ¿Qué debo hacer? ¿Cómo debo comportarme? Te echo de menos, sin ti me falta el aire.

Te beso con amor infinito,

Ester

Mensajes recibidos

Giulio: Amor mío, no hagas
nada, no vayas + a Borgo Pio,
quédate lo + que puedas
en casa.

Muéstrate serena
y alegre.

Te lo ruego, mantén
los nervios a raya.
Besos, besos, besos.

Ester: Tus recomendaciones
me perturban todavía +.

Noto como si te hubieras
asustado, ¿xqué?

Explícamelo, o de otro modo
me volveré loca.

Te beso con amor infinito.

Giulio: Te lo diré todo cuando
me den el alta.

X ahora no quiero darte
más preocupaciones.

Haz lo que te he dicho
y no pidas más.

Te deseo, te beso.

Te amo.

—¿Hablo con la señora Davoli?

—Sí, soy yo. ¿Quién es?

—Antonio Presta. Soy el agente del seguro encargado de la investigación.

—¿Qué desea?

—Necesito hablar con usted sobre el accidente en el que se ha visto implicado su marido.

—¿Y qué hay que investigar? ¡Por desgracia, está todo claro!

—Son formalidades, señora. Tediosas, lo entiendo. Pero indispensables.

—¿No podemos resolverlo por teléfono?

—No, señora. Debe firmar unos papeles...

—Oiga, yo ahora mismo no tengo tiempo. Voy mañana y tarde a ver a mi marido a la clínica y sinceramente no tengo...

—Se trata sólo de una horita, señora.

—¡¿Una hora?!

—Bien, mire, hay algunas complicaciones...

—¿Qué complicaciones?

—Bien, para empezar, hemos comprobado que el Panda no pertenece a su marido, sino a usted, señora.

—¿Y qué tiene de extraño? ¡Lo cogía muchas veces! A menudo le resultaba cómodo coger mi coche...

—Señora, el asunto no es tan sencillo como parece, créame. Recíbame, se lo digo por su propio interés.

—Está bien. ¿Esta tarde a las siete en mi casa?

—Magnífico. Se lo agradezco, señora; es muy comprensiva.

3

—No he entendido bien lo que me ha dicho, señora. ¿Podría repetirlo, por favor?

—Dios santo, ¿qué es lo que no entiende? Además, ¡estoy muy cansada!

—Señora, perdóneme, tenga la bondad de...

—Mire, la mañana del accidente mi marido me preguntó si podía coger mi Panda en vez de su SUV, ya que le resulta más cómodo para ir a las obras. También me dijo que el SUV lo había dejado aparcado en la calle, cerca de casa. No lo había guardado en el garaje.

—¿Por qué?

—A veces lo hace. Sobre todo cuando tiene que volver a cogerlo de inmediato.

—Pero habría regresado de Grosseto muy tarde. ¿Tenía en la mente salir de nuevo por la noche?

—No creo. Supongo que no había previsto que se le hiciera tan tarde en Grosseto.

—Está bien, continúe.

—La mañana después del accidente, cuando estaba a punto de ir al hospital, de repente pensé que era mejor guardar el SUV en el garaje. ¡Con todos esos ladrones que hay por ahí, usted ya me entiende! Miré por donde me había dicho Giulio, pero no lo encontré. Di la vuelta a la manzana. Dos veces. Nada. Entonces me di cuenta de que lo habían robado.

—¿Presentó la denuncia?

—Por supuesto. En la comisaría de la zona.

—Perdone, señora Davoli, ¿sabe con qué compañía está asegurado el coche de su marido?

—Con ustedes.

—¡Con nosotros!

—Sí, ¿por qué se sorprende?

—¿Usted comunicó el robo a nuestra compañía?

—Claro. ¡También adjunté copia de la denuncia!

—¿Y cómo es que no me han informado?

—¿Me lo pregunta a mí?

—Perdone, señora, debo ir a aclarar de inmediato este asunto. Me pondré en contacto con usted lo más pronto posible.

—Hola, Ester.

—¡Maria! ¡Estaba a punto de llamarte!

—No he vuelto a tener noticias tuyas y...

—¡Perdóname, perdóname, de verdad! ¡Pero últimamente no sé dónde tengo la cabeza! ¡Créeme, no estoy pasando por un buen momento!

—¿Cómo está Giulio?

—Según parece, mejora deprisa. Eso me ha dicho el enfermero. Pero aún no he conseguido verlo.

—¡Pobrecilla!

—Pero nos enviamos mensajes.

—¡Ah, bien!

—¿Y a ti cómo te van las cosas?

—No me puedo quejar. A Francesco los negocios le van muy bien, por eso es amable y afectuoso conmigo, es un marido modelo. Ya no es el pesado insoportable que era en Roma. Será porque aquí vivimos en el hotel Plaza y todo es, ¿cómo decirlo?, más sencillo...

—Me alegro de que las cosas vayan bien entre vo-

sotros. ¡Si supieras las ganas que tengo de pasar toda una tarde contigo! Es terrible, ¿sabes?, en un momento como éste, no tener a nadie que me conozca como tú y con quien poder hablar.

—No puedo prometerte toda una tarde, pero sí dos horas.

—No te entiendo.

—Te he telefoneado por eso. Mañana iré a Roma sin Francesco, él no puede moverse.

—¿De verdad?

—Me quedaré dos días. Me ha llamado el administrador del edificio, tengo que bajar para revisar unos trabajos que deben hacer en el sistema de calefacción. No lo he entendido bien. De todos modos, debo ir a Roma porque tengo un montón de cosas que resolver. Me parece una excelente ocasión para vernos.

—¡Dios mío, qué maravilla! ¿Cuándo estás libre?

—¿Por qué no vienes a buscarme a Fiumicino? Llego en el vuelo de las nueve. Podríamos pasar la mañana juntas.

—¡No me lo puedo creer! De acuerdo, iré a buscarte.

Mensajes recibidos

Ester: No puedo
estar + sin verte.

Giacomo me ha dicho que
ahora puedes recibir visitas.

Vendré cuando tú me digas,
cuando no esté tu mujer.

Te lo ruego, no me digas que no.

Besos.

Giulio: Por ahora no puede
ser, ella está siempre aquí,
todas las horas de visita.

Ten paciencia, como la tengo yo.

Pronto tendremos ocasión de
recuperar el tiempo perdido.

Busca una ocasión para ir
con seguridad a Borgo Pio
y llévate todas tus cosas.

Si encuentras algo mío, tíralo,
la casa debe quedar vacía.

Muchos besos.

Por todas partes.

—Ester, esta tarde tengo que irme.

—¿Adónde?

—A Milán.

—¿Estarás mucho tiempo fuera?

—Tres días.

—¿Tienes ganas de ir?

—No. Pero no puedo negarme.

—Toma un poco más de espaguetis.

—No tengo apetito.

—¿Quieres un...?

—A propósito, si quieres que en Milán telefonee a Maria...

—¡Qué tonta soy! ¡No te lo he dicho! Mañana Maria viene a Roma.

—¿A Roma?

—Sí.

—¿Se quedará...?

—Sí, dos días.

—Siento no poder verla. Salúdala de mi parte.

—Claro.

—Señor Corradini, le agradezco que me haya recibido. Como le he dicho por teléfono, soy el agente de seguros y necesitaría hacerle algunas preguntas precisas e indispensables sobre el accidente que usted presenció.

—Estoy a su disposición.

—¿Puedo usar la grabadora?

—Por supuesto.

—Entonces, cuénteme.

—¿No es mejor que usted me haga preguntas?

—Está bien. Usted recorría la via Aurelia viniendo de...

—De Grosseto. Habíamos ido a ver a la hermana de mi mujer, que no se encontraba demasiado bien. También estaba mi hijo, Nicola. Y llovía.

—¿Qué coche tiene?

—Un Ulysse.

—Continúe.

—Bien, en un momento dado, después de cruzar Civitavecchia, adelanté a un coche que avanzaba despacio.

—¿Se acuerda de qué hora era?

—Pasada la medianoche.

—Prosiga.

—No tuve tiempo de regresar a mi carril cuando me rozó un coche grande que circulaba muy rápido. Instintivamente di un volantazo. Aunque llovía con fuerza, vi bien lo que sucedió.

—¿Y qué sucedió?

—Resulta que el coche que acababa de adelantarme chocó contra el automóvil que estaba delante y continuó. Lo embistió a propósito y lo sacó de la carretera.

—Un momento, señor Corradini. Reflexione. Si he entendido bien, ¿me está diciendo que el choque fue voluntario?

—Al ciento por ciento no lo juraría, pero al noventa por ciento sí.

—Es una afirmación muy seria.

—Lo sé.

—¿En qué basa su convencimiento?

—En el hecho de que fui piloto de pruebas. Tengo práctica y sé cómo se conduce.

—Por tanto, ¿usted excluye que el coche que embistió al otro automóvil hubiera derrapado por la lluvia o por un exceso de velocidad?

—Le repito, lo excluyo en un noventa por ciento. Eso para mí no fue un derrape, sino una corrección de la dirección calculada al milímetro. No le dio al otro coche en el centro, porque de ese modo sólo lo hubiera empujado hacia delante, sino que chocó exactamente de modo que, haciéndolo girar sobre sí mismo, acabara precipitándose por el barranco. Y, además, eligió muy bien el sitio.

—¿Y luego qué sucedió?

—Sucedió que, al ver precipitarse el coche, me detuve. Todos los automóviles que estaban detrás de mí, en cambio, prosiguieron. Entonces, arriesgando mi vida y la de los míos, fui a auxiliarlo. No había ni un perro que nos ayudara. Fuimos mi mujer, mi hijo y yo quienes lo subimos, ¡y con esa lluvia! Menos mal que el hombre no había perdido el conocimiento y era capaz de caminar, aunque naturalmente apoyándose en nosotros. Pero fue una hazaña, créame.

—Lo comprendo. Señor Corradini, ¿sabe que usted me ha descrito un intento de homicidio?

—Claro que lo sé.

—¿Fue a denunciarlo a la policía?

—¿Para qué? No puedo poner la mano en el fuego, se lo acabo de decir.

—Pero yo tengo la obligación de actuar de otro modo.

—¿En qué sentido?

—En el sentido de que deberé explicarlo a mis superiores.

—¿Y qué?

—Y mis superiores lo comunicarán a la policía.

—¿No se puede evitar?

—No.

—Y eso será un verdadero tocamiento de pelotas. ¡Eso es lo que se gana haciendo el bien!

Mensajes recibidos

Ester: Stefano salió ayer
por la tarde hacia Milán.

Esta mañana a las seis he ido a
Borgo Pio, lo he desmontado todo
y lo he tirado en un contenedor.

No quedan huellas de
nuestra presencia.

No sabes qué disgusto.
¿Xqué me has pedido
que lo hiciera?

Estoy yendo a Fiumicino
a buscar a Maria, que
viene de Milán.

Dime cómo estás hoy.

Besos.

Giulio: Estoy mucho mejor.

Te he pedido que hicieras limpieza total en el apartamento de Borgo xque lo alquilaré a un cliente amigo mío que acepta la datación retroactiva del alquiler.

Te explicaré mejor.

Mientras tanto, te abrazo fuerte y te beso.

Ester: Pero ¿ya has pensado en otro sitio donde podamos estar juntos?

Mira que no aguanto +.

Debo verte de inmediato en cuanto hayas salido del hospital y comerte todo a mordiscos.

Besos.

Giulio: ¿Cómo puedes pensar
que no lo he previsto?

Esta tarde, Giacomo te llevará
un juego de llaves de un
apartamento mío vacío que se
encuentra en via Giulia, 13.

Ya está amueblado pero quizá
sea demasiado grande.

Mira si te va bien.
Si no, tengo otro.

Hazme saber de inmediato;
mientras tanto, te cubro
de besos.

Ester: Voy a verlo
esta misma tarde.

Probaré la cama pensando
que estoy contigo.

Comisaría de Roma

Corso Trieste, 154

Prot. n.º: 1563/A/12
Objeto: Giulio Davoli
Fecha: 15 de enero de 2008

Al doctor
Costantino Lopez
Director

Según las disposiciones recibidas, he interrogado al señor Anselmo Corradini en calidad de testigo del accidente automovilístico ocurrido en el kilómetro 123 de la via Aurelia durante la noche del 7 al 8 del corriente mes, en el que estuvo implicado el conocido empresario de la construcción Giulio Davoli, residente en Roma, via Piave, número 87.

Corradini básicamente ha confirmado las declaraciones hechas al contable Antonio Presta, empleado en la compañía de seguros del coche embestido, es decir, que tiene la firme certeza de que no se trató de un accidente, sino que hubo voluntad por parte del conductor del otro coche de embestir el que conducía Davoli.

Hago constar que Corradini me pareció una persona equilibrada y prudente, dotada además de una vasta experiencia en la conducción tras haber ejercido durante años el oficio de piloto de pruebas.

Por tanto, me he desplazado para visitar a Davoli en el hospital.

Él aún no está en condiciones de hablar, pues ha sufrido, entre otras lesiones, una fractura de la mandíbula; sin embargo, ha podido responder a las preguntas por escrito, dado que le han proporcionado una pluma y una libreta.

Davoli se ha mostrado muy sorprendido ante la hipótesis de que se haya tratado de un choque deliberado.

En cambio, ha sostenido que el conductor que lo embistió pudo haber perdido el control del coche a causa de la lluvia y de la excesiva velocidad.

No pudo decir ni la matrícula ni el tipo de coche que lo embistió, limitándose a declarar que el automóvil era «muy grande».

También ha excluido rotundamente que

tenga enemigos que puedan odiarlo hasta el punto de intentar matarlo.

Tengo la impresión de que no era sincero, es más, yo diría que escondía algo.

Pero, repito, se trata de una impresión.

Posteriormente me he desplazado a la vivienda de Davoli para hablar con su mujer.

La señora, que me ha parecido que seguía muy afectada, me ha declarado de inmediato que no está al corriente de las actividades de su marido y, ante una pregunta precisa, ha respondido que en casa nunca se han recibido ni llamadas ni cartas de amenaza contra él.

Me ha dicho que el coche accidentado, un Panda, era de su propiedad y que su marido se lo había pedido prestado.

Davoli había dejado el SUV aparcado cerca de su casa. Cuando la señora, después del accidente, decidió guardar el SUV en el garaje, ya no lo encontró.

Ha presentado la correspondiente denuncia del robo en esta comisaría.

Mañana me desplazaré a la Inspección de Trabajo para tratar de obtener información sobre las actividades empresariales de Davoli.

El inspector jefe
(Attilio Bongioanni)

4

—¿Cómo está Giulio?

—Parece que va mejorando. Maria, te lo digo con toda sinceridad, ¡no pensaba encontrarte tan en forma! ¡Estás maravillosa! ¡Se ve que el aire de Milán te sienta bien!

—Me parece que ya te lo dije, pero esta especie de metamorfosis imprevista de Francesco me ha...

—¿Y cómo ha sido?

—Bah, ¿qué quieres que te diga? Quizá su nuevo trabajo le dé muchas satisfacciones... En los últimos tiempos, aquí en Roma, no pasaba un día sin que nos peleáramos... ¿Te acuerdas de que una vez incluso fui a dormir a un hotel?

—¡Cómo no!

—Bien, ahora, piensa un poco, no pasa una noche sin que...

—¿De veras?

—De veras. Me parece increíble, pero, por una

vez, a menudo soy yo quien tiene que decirle que no tengo ganas...

—¡Me alegro por ti!

—Y luego es tan afectuoso, solícito, atento... Parecemos dos recién casados.

—¡Cómo os envidio!

—Mira este brazalete.

—¡Es precioso!

—Me lo ha regalado él. ¿Y estos pendientes?

—Espléndidos.

—Otro regalo suyo.

—Basta, me muero de envidia.

—¿Y con Stefano cómo va?

—Mejor no hablar, el aburrimiento mortal de siempre.

—Y con Giulio ¿cómo iban las cosas antes del accidente?

—En el último mes hubo algunos nubarrones.

—¡No me digas!

—¿Sabes? Cuando él estaba en el hospital, pero yo aún no sabía lo de su accidente, fue terrible. No respondía a mis mensajes ni a mis llamadas. Y entonces pensé que...

—Continúa.

—Pensé que me había dejado.

—¡Exagerada! ¡Cómo puedes suponer algo semejante! ¡Giulio te adora, literalmente!

—Tenía mis buenas razones.

—¿Cuáles?

—Sospechaba que tenía otra mujer.

—¡Anda ya!

—Estaba obsesionado con sus frecuentes viajes a Grosseto..., pero te hablaré de ello más tarde.

—A propósito, ¿qué planes tienes?

—Estoy libre como el aire. Ayer por la tarde Stefano salió hacia Milán. Podré estar contigo todo el día. Incluso puedo dormir en tu casa.

—Pero yo tengo algunos problemas y muchas cosas que hacer. Oye, se me ocurre otra cosa. Esta mañana te quedas conmigo, vemos qué hay que hacer en casa, luego vamos a comer fuera, volvemos y nos quedamos charlando hasta las cinco. Después tendré que salir para resolver algunas cosas para la casa.

—¿Y la cena?

—He quedado para cenar y acabaré tarde, supongo.

—Entonces, ¿no voy a dormir a tu casa?

—Podemos organizarnos para mañana por la noche.

—Hoy, después de comer, ¿puedes acompañarme a un sitio?

—¿Dónde?

—Es una sorpresa.

Mensajes recibidos

Ester: He ido a via Giulia
con Maria.

El apartamento es demasiado
grande, pero no importa,
bastará con mantener cerradas
tres habitaciones.

Me ha gustado mucho.

También a Maria. Pero
los muebles son horribles.

Sólo la cama es cómoda,
y eso es lo importante.

Soy feliz por que hayas
pensado en esto y te beso.

Buenas noches, amor mío.

Giulio: Cambiaremos los
muebles en cuanto
me den el alta.

Seguramente dentro de dos
o tres días. Me alegro de
que te haya gustado.

Allí estaremos muy bien,
ya lo verás.

Besos.

Ester: ¿De verdad,
dentro de dos días?

Cuento los minutos. Besos,
y de nuevo buenas noches.

—Amor mío.

—Amor mío.

—No me canso nunca de ti.

—Yo tampoco.

—¿Piensas que todo irá mejor?

—Estoy seguro de ello.

—Abrázame.

—Amanece.

—¿Tomamos un café?

—¿Por qué no?

—Voy a la cocina a prepararlo.

—Voy contigo.

—Por Dios, ¿qué haces, loco?

—Te cojo en brazos y te devuelvo a la cama.

—Amor mío.

—Corazón mío.

—Vida mía.

—Tesoro mío.

—¿Estás seguro de que todo irá bien?

—Segurísimo.

—Tengo un miedo terrible.

—¡No seas tonta, vamos!

—¿Y si va mal?

—Lo intentaremos de nuevo.

—Ahora debo marcharme.

—Te lo prohíbo.

—No es prudente.

—¿No puedes quedarte hasta que...?

—Sería demasiado peligroso.

—¿Te vas?

—Debo...

—¿Qué harás durante todo el día?

—¿Qué quieres que haga? Me quedaré escondido en el hotel.

—Cinco minutos más. Abrázame.

—Te llamo en cuanto pueda.

—Seré buena.

Comisaría de Roma

Corso Trieste, 154

Prot. n.º: 1563/A/13
Objeto: Giulio Davoli
Fecha: 16 de enero de 2008

Al doctor
Costantino Lopez
Director

Como indicaba en el informe anterior, me desplacé a la Inspección de Trabajo para hacer comprobaciones sobre la actividad del empresario de la construcción objeto de esta investigación.

La sociedad Albanuova, de la cual Davoli es propietario, tiene abiertas al menos tres obras:

1) En el kilómetro 38 de la via Salaria, para la construcción de un centro de salud con su correspondiente residencia para internos.

2) En via Esterino Gonzaga, 197, para la construcción de un edificio de seis plantas destinado a viviendas.

3) En el kilómetro 125 de la via Aure-

lia, para la construcción de un vasto complejo residencial de ocho chalets adosados, dos piscinas, una pista de tenis y un grandísimo parque.

Davoli posee, además, una decena de apartamentos en distintos barrios romanos, algunos de los cuales están en alquiler.

A la Inspección de Trabajo llegó con fecha 2 del mes corriente (por tanto, pocos días antes del accidente de tráfico en el cual se vio implicado Davoli) una denuncia anónima en la cual se señalaba que en la obra de via Aurelia había gravísimas irregularidades.

Los inspectores, que se desplazaron a ese terreno, han verificado la casi total falta de medidas de prevención de accidentes, el amplio número de trabajadores extracomunitarios a los que se paga en negro y otros incumplimientos relevantes (incluso penalmente) de las normas vigentes.

La Inspección pedirá, con fecha de hoy, la inmediata clausura de dicha obra, y ya ha dispuesto que se realicen enseguida inspecciones en las otras dos obras de Davoli.

Con estos nuevos datos se deduce que

la declaración que hizo Davoli al afirmar que no tenía enemigos es, cuando menos, aventurada, por no decir falsa.

Quien ha escrito la carta anónima a la Inspección no puede ser definido, desde luego, como amigo suyo.

Hago notar, además, que la obra de via Aurelia se encuentra apenas dos kilómetros antes (dirección Roma) del lugar del accidente.

¿Una simple coincidencia?

¿O el presunto asesino se ha desplazado a la obra a la espera de ver pasar el Panda que conducía Davoli?

También quiero resaltar que el Panda era de color amarillo, por consiguiente, visible y distinguible en una noche de lluvia.

Además, ¿quién podía saber que Davoli aquel día se había desplazado a Grosseto y que volvería a última hora de la noche?

Todo esto permite deducir que quien envió la denuncia anónima y organizó el intento de homicidio puede haber sido alguien que trabaja en la obra de via Aurelia, al servicio de Davoli.

El inspector jefe
(Attilio Bongioanni)

—Todo ha ido bien. Ahora vete a la cama tranquila.

—No lo conseguiré. Será de verdad una mierda.

—No me digas que ahora tienes remordimientos.

—No, no. Tomaré algo para dormir.

—Te adoro.

—Hasta pronto, tesoro mío.

—¿Diga?

—¿Es la señora De Stefani?

—Sí.

—¿Maria de Stefani?

—Sí, pero ¿quién habla?

—Soy el comisario De Luca.

—¡¿Comisario?!

—Telefoneo desde Milán.

—¿Cómo ha obtenido mi número? ¿Se lo ha dado mi marido?

—No, señora, lo hemos obtenido del Plaza.

—¿Y qué quiere?

—Verá, señora, debería volver a Milán lo antes posible.

—¿Volver? Perdone, pero ¿por qué?

—Porque... su marido... no está bien.

—¡¿Francesco?!

—Sí, señora.

—¡Dios mío! ¿Qué ha sucedido?

—Señora, lo lamento... pero es grave.

—Por Dios, por Dios...

—Señora, no se ponga así...

—Por Dios, por Dios... ¿En qué hospital se encuentra?

—Señora, es inútil que se lo diga, su marido no está en condiciones de hablar.

—¿Y cómo hago para...?

—Mire, señora, reserve una plaza en el avión y comuníqueme a qué hora llega al aeropuerto. Repito, soy el comisario De Luca y mi móvil es 340282XXXX. ¿Ha tomado nota?

—Sí. Dios mío...

—¡Ester! ¡Dios mío, Ester!

—Maria... ¿Qué pasa? ¿Qué te ocurre?

—Me acaban de llamar desde Milán. ¡Oh, Dios mío, Dios mío!

—Maria, por favor, ¡habla! No me...

—Parece que Francesco ha tenido... Está muy mal..., está grave.

—¡¿Grave?! Pero ¿quién te ha llamado?

—No lo sé... Un comisario..., no lo he entendido bien, ahora buscaré un vuelo que salga de inmediato...

—Nos vemos enseguida. Tranquila.

—Sí, ven, ven.

—Te acompaño a Fiumicino.

Mensajes recibidos

Ester: Estoy acompañando
a Maria a Fiumicino.

Debe volver a Milán xque parece
que Francesco está muy mal.

No sabe qué ha pasado.

Te daré noticias + tarde.

Besos.

Giulio: Te ruego que no me mandes
mensajes al menos hasta mañana.

Van a venir a verme un abogado
y el responsable de los trabajos.

Inspección ha clausurado
la obra de via Aurelia; quizá
haya un proceso penal
en curso en mi contra.

Estoy trastornado también xque
no consigo comunicarme con mi
mujer, que está desaparecida.

Disculpa, ¿podrías ir a mi
casa y ver qué ocurre?

Te puedes presentar como
mi segunda secretaria; total,
no te conoce en persona.

Te mandaré a Giacomo por la
tarde, escríbeme una nota.

Besos.

—¿Qué desea?

—Soy la señora Giuditta Davoli, deseo hablar con el capitán Fazi.

—No sé si el señor capitán está libre.

—Tengo una cita con él. Hablamos ayer por teléfono.

—Un momento, por favor. ¿Capitán? Aquí hay una tal señora Davoli que...

—Entiendo. Enseguida viene, señora.

—Buenos días, señora. Soy Fazi.

—Buenos días.

—¿Quiere acompañarme a mi despacho? Colombari, coge las maletas de la señora. Sígame, le muestro el camino.

—Entonces, señora...

—Como usted me ha aconsejado por teléfono,

he cogido todos los papeles que tenía en casa, en su despacho. Están en esta maleta.

—Si fuera preciso, ¿podría ir a su casa para un posterior control?

—Ya he cogido todo lo que había. Incluso he forzado un cajón del escritorio que estaba lleno de papeles. Allí tenía los verdaderos registros y las cuentas del dinero transferido al exterior.

—Señora, no perderemos más tiempo, se lo aseguro. En caso de necesidad, ¿dónde puedo localizarla?

—A mi casa no puedo volver, capitán. En cuanto se entere de que lo he denunciado a Hacienda, es capaz de mandar a alguien para matarme.

—¿Dónde piensa quedarse?

—En una residencia de via Asmara. De todos modos, le dejo mi número de móvil.

5

Giulio, amor mío, una noticia terrible:

Francesco, el marido de Maria, ha muerto en un accidente. La acompañé a Fiumicino y luego me dirigí hacia tu casa. Golpeé la puerta durante mucho tiempo, pero no abrió nadie. Entonces bajé y hablé con la portera. Me dijo que la señora había salido hacia las nueve de la mañana y que llevaba consigo dos maletas. Pensando que vendría para la hora de comer esperé en el coche hasta las tres de la tarde. Luego volví a casa porque estaba muy cansada.

A las cinco regresé, pero la portera me dijo que aún no había vuelto. Esperé hasta las seis, pero en vano. Esta noche no me muevo de casa. Si tienes instrucciones que darme, mándame a Giacomo. Si quieres, puedo volver a acercarme a tu casa también esta noche. Estoy muy ansiosa por lo que me has escrito, espero que todo se resuelva de la mejor manera.

Besos infinitos.

Tuya para siempre,

Ester

17 de enero de 2008

IL GIORNO

Desgracia mortal en el metro

Ayer, a las 7.30 horas de la mañana, en la parada de plaza Cordusio de la línea 1 del metro ocurrió un accidente mortal e impredecible.

Puesto que se había convocado una huelga de los transportes urbanos a partir de las 12 horas, había una alta concentración de viajeros en las paradas. Como suele ocurrir ante la llegada del convoy, la masa de gente que esperaba se encaminó rápidamente, con antelación, hacia los vagones antes de que éstos se detuvieran. Al señor Umberto Galanti, de cincuenta y cinco años, se le cayó el paraguas que tenía colgado del brazo y se agachó para recogerlo levantándolo por la punta. En ese momento llegaba a la carrera el doctor Francesco de Stefani, de cuarenta y cuatro años, romano pero residente en Milán, ejecutivo de una conocida empresa, quien, al tropezar con el mango del paraguas y perder el equilibrio, cayó debajo de las ruedas del convoy. Rápidamente fue socorrido y transportado al hospital Fatebenefratelli, aunque lamentablemente falleció en la ambulancia. Los muchísimos viajeros que han sido testigos del accidente han coincidido en declarar que se trató de una trágica fatalidad. El servicio de la línea de metro fue suspendido durante más de dos horas, agravando las ya precarias condiciones de los transportes públicos. El señor Galanti, profundamente afectado, tuvo que recibir atención médica por el choque emocional que sufrió al verse partícipe de manera involuntaria de la atroz muerte del doctor De Stefani. Agravado por el hecho de que el señor Galanti presta servicio como repartidor en la misma empresa de la que era directivo el fallecido.

—Amor mío, ¿cómo estás? Mejor no podría ir. Estaremos para siempre fuera, tú has estado muy bien.

—Sabes que si soy buena es porque tú estás siempre conmigo, aunque te encuentres lejos. Ahora te toca a ti la parte más difícil. Te lo ruego, sé prudente.

—Sí, es verdad, tenemos alguna que otra prueba que afrontar, pero luego estaremos juntos de nuevo para toda la vida.

Mensajes recibidos

Giulio: No vayas + a mi casa;
pienso que Giuditta me ha
jugado una mala pasada
que puede arruinarme.

Te lo explicaré de viva voz.

Hoy me darán el alta.
He decidido ir a vivir
provisionalmente a via Giulia.

Mañana por la mañana
podemos encontrarnos allí.

No digas nada a nadie.

Hasta pronto. Besos.

Ester: Si tu mujer te ha
dejado, ¿qué problema
hay en que vaya a buscarte
al hospital?

Giulio: Quizá no lo entiendas.

Si Giuditta ha hecho lo que
sospecho, estoy arruinado.
Seguro que ha descubierto
nuestra historia y se ha vengado.

Mi posición es bastante delicada,
sé muy prudente.

Hemos tenido que dejar Borgo
Pio xque pensabas que tu marido
sospechaba de nosotros y había
descubierto el lugar de nuestros
encuentros.

Esta vez procuremos
ser + cautos, también
xque si ocurre lo que temo,
acabaré apareciendo en las
primeras páginas de los
periódicos y no quisiera
que te vieras involucrada.

Te suplico que tengas mucho
cuidado cuando vengas a verme.
Besos.

Ester: Stefano sale de casa
a las ocho para ir al despacho.

Si te parece bien, ¿voy
a tu casa a las nueve?

Giulio: A las nueve está bien,
pero trata de ser puntual, xque
a las once viene el abogado.

Ester: Tan poco no
me parece suficiente.

Giulio: Tranquila, nos
recuperaremos. Besos.

—¿Cómo ha ido en Milán?

—Bien. Debo volver dentro de algunos días.

—Hoy me ha llamado Maria.

—A propósito, Ester, ¿por qué no me has telefoneado a Milán diciéndome lo que le había ocurrido a su marido?

—Te he llamado, pero tenías el móvil apagado.

—Estaba en una reunión.

—Y después se me fue de la cabeza.

—Hubiera ido a verla, quizá habría podido serle de ayuda...

—De verdad que no he vuelto a pensar en ello, estaba conmocionada.

—¿Qué quiere hacer?

—¿Quién?

—Maria.

—Te lo he dicho, me ha llamado esta mañana. En cuanto todo termine, vuelve a Roma. Ya no tiene ningún motivo para estar en Milán.

—¿Dónde lo entierran?

—Aquí en Roma, en el panteón de la familia.

—¡Pobrecillo! ¡Qué accidente tan extraño! Todo parece calculado al milímetro, el tipo que levanta el paraguas, Francesco que llega a la carrera...

—Bah, era cosa del destino.

—Sí. Este queso no sabe a nada.

—¿De verdad? ¡Pues lo he cogido en la sección de productos biológicos!

—Amor mío, ¡no sabes cuánto he esperado este momento! ¡Deja que te bese! ¡Más, más! ¡Dios, cómo te deseo! Has adelgazado un poco, ¿lo sabes? ¿Te duele la cabeza? ¿Y el tórax? ¿Tampoco? ¿Cuándo podrás volver a hablar?

Podría hablar incluso ahora, pero me canso demasiado.

—¡Me parece tan extraño! ¡Yo te hablo y tú me respondes escribiendo! ¿Qué me dices, vamos allá?

No hay tiempo, y yo tengo demasiadas cosas en la cabeza...

—Daría la vida por ti, dulce amor mío. Me estás preocupando. Explícame.

He enviado a mi secretaria a casa, con mis llaves. Cuando ha entrado, ha mirado y ha visto que Giuditta se ha llevado todos los papeles del despacho y que incluso ha forzado un cajón. Tengo miedo de que quiera chantajearme con llevar a Hacienda los documentos que ha robado.

—Pero ¿por qué está haciendo eso?

Creo que ha descubierto nuestra relación y, celosa como es, ha perdido los estribos.

—Pero ¿cómo nos ha podido descubrir?

Hay una explicación. Un momento antes de que me embistieran tenía en la mano el móvil para decirle a Giuditta que llegaría al cabo de poco más de una hora. Estaba convencido de que lo había perdido en el accidente y no lo busqué. Ayer mismo supe que se lo habían entregado a Giuditta. Ahora dime una cosa: ¿me has mandado mensajes?

—Claro, como no respondías..., no sabía qué pensar... Te habré mandado tres o cuatro.

Está claro que Giuditta los ha leído, estos últimos. El resto los borré todos.

—¡Dios mío! ¡Esperemos que no haga un escándalo! Stefano es capaz de matarme. ¿Qué quieres pedirme?

—Escúchame... bi...en...

—¿Estás seguro de que puedes hablar?

—Lo intento. Antes de que te vayas te daré cincuenta mil euros en metálico. Escóndelos en alguna parte.

—¿Cincuenta mil euros? ¿Para qué?

—Debes contratar a un investigador privado, págale lo que quiera, pero debe descubrir lo antes posible dónde se oculta Giuditta. Yo no puedo hacerlo, porque tengo la sospecha de que pronto controlarán todos mis movimientos.

—¡Entonces sabrán que vengo a verte!

—Creo que no ocurrirá hasta dentro de tres o cuatro días.

—¿Y después?

—Después ya veremos. Mejor no pensar en el después. Todo depende de qué haga Giuditta. ¿Lo sabes? ¡Puede meterme de cabeza en chirona si quiere!

—Se lo impediré, no lo dudes. ¡Buscaré al mejor investigador posible! Me hablabas también de un asunto que concernía a una obra...

—Sí, pero eso es lo de menos. Yo me encargo. Me las apaño con una buena multa y la clausura temporal de la obra. El peligro grave es Giuditta.

—Oye, dejemos de hablar de estas cosas.

—¿Vamos allá?

—¡Pero sólo tenemos una hora!

—¡Mejor que nada, vamos!

6

—¿Diga?

—Giulio...

—¡Giuditta! ¡Al fin! ¡Te he buscado por tierra y mar! ¡Me alegro de oír de nuevo tu voz! ¡Explícame por qué has desaparecido así, de repente! ¿Desde dónde me llamas?

—Me alegro de que puedas volver a hablar.

—Sí, pero me cuesta. ¿Desde dónde llamas?

—No tiene importancia desde dónde llamo.

—¡Un momento!

—¿Qué pasa?

—¿Cómo conoces este número?

—¡Eres gilipollas! A ver si lo adivinas.

—No puedo...

—Entonces te lo digo yo. Entre tus papeles, todos ellos muy interesantes, he encontrado la lista de todos los apartamentos que posees en Roma. Junto a cada uno de ellos estaba también un número de teléfono. Al tercer intento te he encontrado. Por tanto, también sé adónde te has trasladado.

—¡Joder! Te lo puedo explicar todo.

—Cállate. Aún no he terminado. He sabido por la portera que has enviado a tu fiel secretaria a nuestra casa, mejor dicho, a nuestra excasa. ¿Has visto qué sorpresa tan bonita te he preparado?

—Giuditta, entiendo tu resentimiento, incluso tu rabia..., pero ¿no te parece que exageras? En el fondo, para mí se ha tratado de una vulgar y banal aventurilla que no ha mermado en lo más mínimo el profundo sentimiento que alimentaba y sigo alimentando por ti. ¡Quizá hoy se haya hecho más verdadero y auténtico que ayer!

—¡Vete a la mierda!

—Giuditta, ¿no podemos vernos sólo durante diez minutos?

—No.

—Escúchame, Giuditta, esos papeles que has robado..., estoy incluso dispuesto a comprártelos.

—Ésa me parece una propuesta interesante.

—¡Dios bendito! ¿Ves como hablando se resuelve todo? ¡Siempre hay que razonar las cosas!

—Me parece que estoy razonando, ¿no?

—Sí, sí. De acuerdo, ¿dónde quieres que quedemos para hablar?

—¡No tengo ninguna intención de verte!

—¿Prefieres que hablemos por teléfono?

—Mejor por teléfono.

—¿Cuánto quieres?

—No menos de veinte millones.

—¿De euros?

—¿Y de qué va a ser si no?

—¡Es una barbaridad! ¡Has perdido el juicio! Además, en este momento no dispongo... Y encima ahora estoy en graves dificultades... ¿Lo sabes? Me han cerrado una obra y...

—Lo sé.

—¿Quién te lo ha dicho?

—Nadie.

—¿Y cómo lo sabes?

—Yo he escrito la carta anónima a la Inspección de Trabajo.

—¡Joder! Entonces, ¿quieres que me arruine?

—¿Ahora te das cuenta?

—Oye, Giuditta..., te lo ruego..., te lo suplico..., por favor, ¡devuélveme esos papeles!

—¡Qué bonito!

—¿Qué?

—Oírte implorar... ¡Te he telefoneado porque esperaba precisamente esto!

—Oye, de acuerdo, veinte millones y no hablemos más.

—Demasiado tarde.

—¿Qué significa eso?

—He entregado los papeles a la Policía Fiscal.

—¿Qué has hecho?

—Me has entendido perfectamente. Adiós. Mejor dicho, nos vemos en los tribunales.

Mensajes recibidos

Giulio: No contrates a ningún
investigador.

Giuditta ha entregado mis
papeles a la Policía Fiscal.

Estoy arruinado.

Abandono inmediatamente
via Giulia.

Seguiremos en contacto
por SMS.

Ester: Estoy asustada y confusa.

Comunícame al menos
la nueva dirección.

No puedo estar sin verte; te lo
ruego, no me dejes sin noticias.
Un fuerte abrazo.

Giulio: Aún no he decidido
adónde ir.

Hacienda tiene la lista
de mis apartamentos.

Espero encontrar algún
amigo que me aloje
durante algunos días.

Te haré saber.

No tomes iniciativas.

—La escucho, señora Davoli.

—No le haré perder mucho tiempo, abogado. Estoy aquí porque quiero divorciarme de mi marido.

—¡¿De Giulio?!

—Sólo tengo ese marido.

—Perdone, señora, pero estoy asombrado. Es como un verdadero rayo en un cielo despejado. Los conozco desde hace años y no sospechaba en lo más mínimo que las cosas entre ustedes fueran...

—Tampoco yo lo sospechaba.

—¿Y cómo es que ha tomado esta decisión?

—He descubierto que me ha traicionado.

—¡Ja, ja!

—¿Lo encuentra divertido?

—Señora, permítame. Si todos, mujeres y hombres, se divorciaran por una simple traición del respectivo cónyuge, ¡los matrimonialistas no tendríamos tiempo ni de respirar!

—No lo pongo en duda. Pero estoy decidida a divorciarme.

—¿Lo ha pensado bien? ¿Con la mente fría? Porque a menudo a raíz de la ofensa y del resentimiento se toman decisiones que si fueran bien ponderadas...

—Abogado Mirabella, si usted no quiere ocuparse de mi caso, sólo tiene que decírmelo.

—Usted entiende que es mi deber ante todo tratar de salvaguardar...

—Ya ha cumplido con su deber.

—Está bien. ¿Giulio lo sabe?

—No.

—¿No piensa que, como mínimo, sería oportuno hablar con él antes de iniciar el procedimiento?

—No tengo intención de hablar con él.

—Como quiera. ¿Cómo ha descubierto que Giulio la...? Pero, señora, antes de que me dé una respuesta, debo advertirle que se necesitan hechos, hechos concretos, no suposiciones, sospechas...

—Abogado, creo que mi marido comenzó a traicionarme seis meses después de nuestra boda, pero se trataba de escapadas a las que no quise dar importancia, aunque me ofendían profundamente.

—Señora, usted debería entender que un hombre visceral, vital, expansivo como su marido...

—En efecto, lo pasé por alto.

—Bien, no me parece que...

—Lo dejé pasar hasta que entendí, hace meses, que estaba metido en una historia seria con una tal Ester.

—Señora, ¿tiene pruebas?

—No hablo por hablar. He contratado a un investigador privado que podrá testificar.

—¿De verdad?

—Sí. Incluso puedo decirle dónde se encontraban.

—Dígamelo.

—En Borgo Pio, en un apartamento propiedad de Giulio. El investigador los ha grabado varias veces mientras entraban, con pocos minutos de diferencia el uno del otro, en el mismo portal. Y esta Ester no tenía ningún motivo para ir allí más que para follar con Giulio. ¿Le basta?

—Diría que sí. Pero...

—Dígame.

—Vuelvo a repetirle, ¿quién le dice, como usted supone, que se trata de algo serio?

—Me lo dicen los mensajes desesperados que Ester le ha enviado cuando él no podía responderle, ya que estaba ingresado en el hospital. ¿Ve esto?

—Sí, es un móvil.

—Es el de Giulio, el que tenía en el momento del accidente. Están los mensajes de Ester que le he comentado. ¡Incluso me ha llamado a mí, la muy zorra, para tener noticias de su amante!

—¿Cómo lo ha obtenido?

—¿El móvil? Me lo han dado en el hospital junto con otros efectos personales. Si lo enciende y va al apartado de Mensajes recibidos, podrá hacer otro descubrimiento, como por desgracia hice yo.

—¿Es decir...?

—Es decir que Giulio iba a Grosseto porque tenía una historia con una tal Gianna.

—¡¿Simultáneamente con la de Ester?!

—¿Por qué se sorprende? Me acaba de decir que Giulio es un hombre visceral, vital... Los mensajes de Gianna preceden a los de Ester. Primero, Gianna está impaciente porque Giulio se retrasa. Luego, feliz y satisfecha por el encuentro. Después, deseosa de tener otro lo antes posible...

—Señora, hagamos lo siguiente. Déjeme el móvil y veámonos de nuevo mañana. La noche, como suele decirse, es buena consejera.

—Abogado, mire que el divorcio si no lo pido yo, seguro que lo pedirá usted.

—¿Por qué?

—Porque he denunciado a mi marido a Hacienda.

—¡¿Lo ha denunciado?!

—Sí.

—¡Virgen santa!

—Y les he entregado los papeles de su despacho, donde están sus balances fraudulentos y sus cuentas en el extranjero.

—¡Lo ha arruinado!

—Exactamente.

—¿No te encuentras bien, Ester?

—¿Por qué me lo preguntas?

—Te veo pálida, demacrada. Esta noche no has parado de dar vueltas en la cama...

—¿Te he molestado? Perdóname.

—Ninguna molestia. Pero me preocupas.

—¿Qué quieres que te diga? Desde ayer sufro un tremendo dolor de cabeza. También tengo escalofríos.

—Cuídate, te lo suplico. Quizá necesitas distraerte. Desde que ha ocurrido la desgracia de Francesco que no...

—Me ha afectado mucho.

—Ya lo veo. Oye, ¿por qué no vas a visitar a Maria unos días? Quizá necesita...

—¿A Milán?

—Sí.

—¿Y tú?

—¿Yo qué?

—¿Cómo te las arreglarías sin mí?

—¡Anda ya! ¡No digas tonterías!

—Casi, casi...

—Si quieres, te reservo un vuelo para el viernes por la tarde. Y te acompaño yo a Fiumicino.

—Está bien. Te lo agradezco.

—Pásame la fruta.

—Maria, ¿cómo estás?

—¡Ester! ¡Cuánto tiempo sin saber nada de ti!

—¿Sabes? A Giulio le han dado el alta y...

—¿Os habéis visto?

—Sí, dos horas. ¡Pero luego se desencadenó un infierno!

—¿Qué quieres decir?

—Al parecer, su mujer ha descubierto nuestra historia y, para vengarse, lo ha denunciado a Hacienda.

—¡No me digas!

—Siento aburrirte con mis historias... justamente a ti, que estás sufriendo por...

—No te preocupes, necesito distraerme.

—Está bien... Giulio no quiere que vaya a verlo porque teme que pueda verme implicada en el escándalo. ¡Estoy tan mal que hasta Stefano se ha dado cuenta!

—¿Y tú qué le has dicho?

—Que no me encuentro bien.

—¿Y él?

—Me ha propuesto que vaya a verte.

—¡No es mala idea!

—Entonces, ¿estás de acuerdo?

—¡Qué preguntas! ¡Me alegro mucho! ¿Cuándo llegas?

—Stefano me reservará un vuelo para el viernes por la tarde.

—Y yo te reservaré de inmediato una habitación en mi hotel.

—¿Diga?

—¿Señora Davoli?

—Sí.

—Soy el abogado Mirabella.

—Dígame, abogado.

—Señora, para iniciar los trámites del divorcio necesitaría ponerme en contacto con Giulio. O al menos tener sus datos.

—La última vez que hablé con él vivía en via Giulia. En un apartamento suyo, uno de tantos.

—Perdone, señora, ¿lo ha visto en persona?

—No, lo he llamado al teléfono fijo de ese apartamento.

—¿Me puede dar el número?

—Es inútil, a esta hora Giulio lo habrá dejado. Lo conozco bien.

—Perdóneme otra vez, señora, pero ¿usted lo ha llamado después de que le dieran de alta del hospital?

—Sí.

—¿Cuando ya había entregado sus papeles a Hacienda?

—Sí.

—¿Por qué?

—Porque quería que me suplicara que no lo hiciera. Y también le he dicho que la obra de via Aurelia se la habían clausurado porque yo lo había denunciado a la Inspección de Trabajo.

—Pero ¿cómo ha intuido que en esa obra había irregularidades?

—Porque una vez el muy cretino me llevó a esa obra. Y yo tengo ojos de lince, ¿sabe?

—No lo pongo en duda, señora.

19 de enero de 2008

IL GIORNO

Arrestado en la frontera un conocido empresario romano de la construcción

Ayer por la tarde fue arrestado, mientras intentaba huir a Suiza, el conocido empresario romano de la construcción Giulio Davoli. Se había dictado una orden de búsqueda y captura contra él —emitida por el fiscal Giovanni Lamacchia— por fraude fiscal, transferencia de capitales al exterior y blanqueo de dinero. Además, una de sus obras urbanísticas ha sido clausurada en los últimos días porque la Inspección de Trabajo encontró gravísimas irregularidades en la construcción.

Corre el rumor de que Davoli, que hace unos días sufrió un accidente de tráfico en el que resultó herido, fue denunciado primero a la Inspección de Trabajo y luego a la Policía Fiscal por su mujer, que ha querido vengarse de sus infidelidades conyugales. Se dice también que la señora se ha dirigido a un abogado romano para iniciar los trámites de divorcio. Y esta última, quizá, no sería la peor de las desgracias que le han ocurrido a Davoli, considerando el difícil carácter de su joven amante.

7

—¿Capitán Fazi?

—Sí...

—Buenos días. Soy el inspector jefe Bongioanni. ¿Se acuerda de mí?

—Claro. ¿Cómo está?

—Bastante bien. Me haría falta una información.

—Si puedo...

—Quisiera la dirección y el número de teléfono de la señora Giuditta Davoli si es tan amable. No conseguimos localizarla. Usted, sin duda, los tendrá.

—¿Para qué los necesita?

—Porque hace tiempo la señora denunció el robo del SUV de su marido. Hemos encontrado uno abandonado, pero sin matrícula. Quisiéramos mostrárselo y...

—Enseguida le doy los datos que necesita.

—¿Señora Davoli?

—Sí.

—He obtenido su número del capitán Fazi, quien también me ha dado su dirección.

—Pero ¿quién habla?

—Ah, perdone, soy el inspector jefe Bongioanni de la jefatura de Roma.

—¿Han encontrado el SUV?

—Aún no. Pero necesitaría hablar con usted.

—¿De qué?

—De varios asuntos. ¿Voy a su casa o prefiere venir a la jefatura?

—Prefiero ir yo a su despacho.

—Entonces la espero esta mañana, ¿le va bien?

—Sí, de acuerdo.

—Segundo piso, despacho 24. Bongioanni.

—¿Diga?

—¡Maria, no aguanto más! ¡Me hierve la sangre! ¡Estoy a punto de estallar! ¡Por casualidad, echando un vistazo al Giorno, *pero verdaderamente por casualidad, te digo, he visto que han arrestado a Giulio! ¿Tú lo sabías?*

—Sí, ha salido en el telediario.

—Oye, Stefano me ha comprado el billete. Llego a Malpensa mañana por la noche, a las diez.

—Te iré a buscar.

—Está bien. Pero debes hacerme un grandísimo favor.

—Dime.

—¿Tienes un abogado amigo?

—Sí. Me está ayudando con los trámites de Francesco.

—¿Podrías preguntarle si puede averiguar en qué cárcel se encuentra Giulio?

—¿Por qué?

—Quiero ir a verlo.

—¡Imposible!

—¿Qué?

—¡No puedes ir a verlo!

—¿Y tú qué sabes?

—Lo sé. Para empezar, creo que estos primeros días no puede ver a nadie, salvo a su abogado, y además tú no eres de la familia.

—¡Me importa un carajo! ¡Tengo que verle! Por favor, trata de averiguar dónde lo han llevado.

—Está bien.

—Hasta mañana.

—Señor Davoli, soy el abogado Zulema. Por encargo del amigo y colega Vannuccini, su abogado de Roma, seré su representante aquí en Milán.

—¿Me quedaré mucho tiempo?

—¿En Milán, dice? No creo, estoy seguro de que la procuraduría de Roma pedirá inmediatamente el traslado. Yo tengo la misión de asistirlo durante el primer interrogatorio del fiscal. ¿Tiene algo que decirme al respecto?

—Abogado, ¿qué quiere que le diga? Con los papeles que mi mujer les ha proporcionado pueden joderme como quieran.

—En efecto, Vannuccini me ha comentado que la única línea de defensa sería...

—Abogado, escúcheme, hay algo importante.

—Dígame.

—Tengo razones para pensar que Giuditta, mi mujer, ha intentado asesinarme.

—¡¿Qué dice?! ¿Cuándo? ¿Dónde?

—Usted no sabe nada, naturalmente. Pero Vannuccini podrá darle todos los detalles que quiera. Me ha asegurado que lo referirá todo, de manera privada se entiende, a alguien de la jefatura de Roma... De todos modos, he sido embestido intencionadamente y arrojado fuera de la carretera por un gran coche mientras volvía a Roma desde Grosseto.

—¿Hay testigos?

—Sí. El hombre que me ha rescatado del coche sostiene que se ha tratado de una colisión voluntaria.

—Pero ¿por qué piensa que conducía su mujer? ¿Le vio la cara?

—No. Pero mire, hasta que Giuditta no me ha dicho que había sido ella quien me había denunciado a la Inspección de Trabajo y a Hacienda, a mí que hubiera sido ella quien provocara el accidente no se me había pasado ni siquiera por la antecámara del cerebro. Pero ahora, viendo lo que es capaz de hacer por odio, comienzo a pensar seriamente que fue ella.

—Demasiado insustancial para una denuncia.

—Entonces, ¿no puedo hacer nada?

—Gracias por venir, señora Davoli.

—¿Podría negarme a este interrogatorio?

—No se trata de un interrogatorio, señora, sólo de intercambiar cuatro palabras de manera informal. Como puede ver, en este despacho estamos únicamente usted y yo, y nadie está levantando acta.

—¿De qué quiere hablar?

—Enseguida entro en materia.

—Gracias, porque tengo poco tiempo.

—El abogado Mirabella...

—¿Cómo saben que me he dirigido a él? ¿Me siguen? ¿Con qué derecho? La víctima de esta situación soy yo y no...

—Señora, por favor, ¡no se altere! No tenemos ningún motivo para vigilarla. ¿Cómo puede pensar...?

—Entonces, ¿cómo han sabido que...?

—Señora, sabemos cómo movernos.

—Entiendo.

—Por tanto, el abogado nos ha hecho saber que usted había encargado a un investigador privado que siguiera a su marido.

—Es verdad. ¿Va contra la ley?

—¿Desde cuándo? Sólo quiero pedirle si puede darme su nombre, apellido, dirección y número de teléfono.

—Luca Tedesco, via dei Prati Fiscali, 1.023, teléfono 0637352XXX.

—Lo conozco. Es un profesional serio.

—Él podrá confirmar cuanto he dicho al abogado.

—¿Me dice también, si lo tiene, el nombre y la dirección de la amante de su marido?

—¿Cuál?

—Comencemos por la de Roma.

—Ester Gigante, veintiocho años, casada con el abogado Stefano Marsili. Viven en via Nemorense, 38.

—¿Y la de Grosseto?

—Sólo sé que se llama Gianna. El apellido podría ser Livolsi. Una vez vi el sobre de una carta dirigida a mi marido que tenía como remitente a Gianna Livolsi.

—¿Y no aparecía la dirección?

—La carta venía de Grosseto, pero he olvidado la dirección. Entonces no sospechaba que...

—Señora, ¿confirma que ha sido usted quien

ha enviado la carta anónima a la Inspección por la obra de la via Aurelia?

—Sí.

—¿Por qué anónima?

—Es sencillo. Porque quería ser yo quien le diera la buena noticia.

—Usted había estado en esa obra, me parece.

—Veo que está bien informado. Sí, me había llevado Giulio.

—Acláreme algo. ¿Cómo ha sabido que había muchas cosas que no estaban en regla?

—Con todas esas desgracias en el trabajo... Periódicos y televisiones hablan continuamente... Allí había muchos albañiles extracomunitarios..., trabajaban sin casco..., en los andamios no había barandas de protección... Me bastó un vistazo para comprenderlo.

—Enhorabuena. Estuvo una sola vez y...

—No, en verdad ya había estado antes. Pero no había bajado, me había quedado en el coche, él sólo tenía que decirle algo al director de obra.

—Bien, señora, por ahora no tengo nada más que...

—¿Aún no saben nada del SUV?

—Señora, no soy el responsable, pero me he informado. Nada. Si fuera usted, me lo tomaría con calma.

—¿En qué sentido?

—En el sentido de que roban muchos coches al

día. ¿Y cuántos se encuentran? Además, esta clase de automóviles los roban por encargo para llevarlos al exterior. Y nosotros no es que tengamos demasiados hombres para las investigaciones...

—Entiendo. Por tanto, según usted, ¿es posible que el ladrón en este momento dé vueltas por Roma con el SUV robado sin que nadie se dé cuenta?

—Es muy probable, señora.

—¿La señora Ester Marsili?

—Soy yo. ¿Con quién hablo?

—Señora, oiga, se lo pregunto por su propio beneficio, ¿en este momento está en condiciones de hablar libremente?

—No le entiendo.

—Dado que se trata de un asunto estrictamente confidencial, le pregunto: ¿hay personas a su alrededor que puedan oírla?

—Estoy sola en casa. Pero ¿quién es usted?

—Soy el inspector jefe Bongioanni de la jefatura de Roma.

—¡Dios mío! ¡¿Qué ha sucedido?!

—Cálmese, no se agite. Necesitaría hablar urgentemente con usted.

—¿Sobre qué?

—Sobre su relación con Giulio Davoli.

—Dios mío, Dios mío... ¿Cómo lo han sabido? ¡Dios mío!

—La señora Davoli le ha pedido el divorcio a su marido. Y ha dado su nombre, lo siento.

—Me voy a desmayar... Espere, voy a beber un poco de agua... Aquí estoy. ¿Cuánta gente lo sabe?

—Señora, por ahora unos pocos. Y no tenemos ningún interés en que su nombre sea puesto en circulación. Esté tranquila. Le aseguro que nuestra conversación será absolutamente confidencial. ¿Puede venir a la jefatura?

—Preferiría no tener que hacerlo.

—¿Voy yo a su casa en un momento en que esté sola?

—¿No podríamos encontrarnos en un café?

—Como quiera. Podríamos quedar pasado mañana temprano en el...

—Un momento. Mañana por la tarde salgo para Milán. Estaré fuera algunos días. ¿Podríamos quedar mañana por la mañana?

—De acuerdo. Entonces nos vemos en Rosati, en la plaza del Popolo, a las diez.

—Está bien.

—¿Quién es?

—¿La señora Gianna Livolsi?

—Aparte del hecho de que no soy señora, sí, soy yo.

—Señorita, soy el inspector jefe Bongioanni de la jefatura de Roma.

—Entiendo.

—¿El qué?

—Por qué me llama.

—Veamos si acierta.

—Se trata de algo relacionado con Giulio Davoli.

—Ha dado en el blanco.

—¿Qué he ganado?

—Ha ganado la posibilidad de hablar conmigo.

—¿Por teléfono?

—Si lo prefiere...

—Lo prefiero. A menos que usted quiera venir a Grosseto, porque no tengo ganas de ir a Roma.

—Sólo tengo algunas preguntas que hacerle. ¿Ha sabido del accidente automovilístico que sufrió Davoli?

—En directo. Estaba hablando conmigo cuando ocurrió el siniestro. Me había llamado él.

—¿Puedo saber qué quería?

—Dado que le había mandado un mensaje diciéndole que deseaba que volviéramos a vernos pronto...

—Entiendo. ¿Y luego ya no se ha preocupado de saber cómo estaba?

—Tengo un primo que trabaja precisamente en ese hospital. No he vuelto a llamar a Giulio porque sabía que su horrible mujer estaba pegada a su cama...

—¿Y ya no tuvo ocasión de ponerse en contacto con él?

—Ya no era oportuno.

—¿Por qué?

—Querido inspector, ¿conoce usted el dicho? Ojos que no ven, corazón que no siente.

—Entiendo.

—¿Qué más desea?

—¿Sabe que lo han arrestado?

—Me lo han dicho. Diría que me lo esperaba.

—¿Por qué?

—Porque Giulio se jactaba públicamente de algunas cosas... Evasiones matrimoniales y fiscales, desprecio de las normas, las leyes... No era en absoluto reservado. Y luego...

—Dígame.

—Con una mujer como ésa, posesiva, celosa, antes o después...

—Quisiera preguntarle otra cosa.

—Mire que dentro de diez minutos debo salir.

—Será suficiente. Después del accidente de Davoli, ¿ha recibido usted amenazas?

—Sí. Una.

—¿Cómo?

—Telefónica.

—¿Cuándo?

—No lo recuerdo. Una tarde, hacia las seis.

—Explíquemelo todo.

—Respondí al teléfono y una voz femenina, parecía resfriada, pero desde luego estaba camuflada, preguntó si yo era Gianna Livolsi. Respondí que sí y me dijo que me lo haría pagar caro. Le pregunté qué debía pagar caro, pero me colgó. En mi opinión, era esa grandísima gilipollas de Giuditta Davoli.

—¿Sabe si la llamada venía de un teléfono fijo o de un móvil?

—No.

—¿Presentó la denuncia?

—¿Bromea?

—¿Señora Marsili?

—¿Quién es?

—Otra vez yo, Bongioanni. Le he telefoneado antes, ¿recuerda?

—Por Dios, ¿qué más quiere? ¡Mi marido está a punto de llegar a casa!

—Una sola pregunta.

—¡Deprisa, por favor!

—¿Ha recibido amenazas?

—No le entiendo.

—Le pregunto si alguien le ha telefoneado o escrito amenazándola con represalias.

—¿Por qué? ¡Explíquese deprisa, por el amor de Dios!

—Por su relación con Giulio Davoli.

—No he recibido ninguna amenaza.

—Señora, no me esconde nada, ¿verdad?

—¿Por qué debería esconderle algo?

—¡Me parece extraño!

—Oiga, ¿no podemos hablar mañana por la mañana? ¡Mi marido está abriendo la puerta!

—De acuerdo.

—Hola, Ester.

—Hola, Stefano.

—¡Por Dios, qué pálida estás!

—No me encuentro bien. Hace poco he tenido un leve desvanecimiento.

—¿Quieres que llame al médico?

—No, se me pasará.

—Si ya no te apetece ir a Milán, dímelo, no hay problema.

—No, quiero ir, necesito cambiar de aires.

—También yo estoy convencido de que te sentará bien. Mañana saldré un poco antes del despacho, vengo a casa, te recojo y te acompaño a Fiumicino. El avión sale a las nueve menos cuarto. Bastará con que estemos en el aeropuerto a las ocho.

—¡Puedo perfectamente coger un taxi!

—No, yo quiero acompañarte.

—Como quieras. Oye, ¿aún tenemos ansiolíticos en casa?

—Creo que me tomé yo la última pastilla. ¿Temes no dormir esta noche?

—Si tuviera un poco de insomnio, tenerlos a mano me sería útil.

—Ahora mismo bajo a comprarlos. En la farmacia me conocen, me los dan sin receta. ¿Qué tenemos para cenar?

8

—Gracias por haber venido, señora Marsili.

—Esperemos que no entre ningún amigo de mi marido...

—¿Su marido es celoso?

—No especialmente..., si se le dan motivos... Pero estoy aterrorizada ante la idea de que pueda enterarse...

—Señora, haremos todo lo posible... Pero usted comprende que cuando empiecen los trámites del divorcio, difícilmente se podrá evitar que... La señora Davoli basa su demanda esencialmente en la infidelidad de su marido...

—Me siento mal.

—No se desmaye delante de todos, ¡por favor!

—No tema, puedo controlarme. Dígame, inspector.

—¿Davoli le hablaba de su mujer?

—¡Cómo no!

—¿Qué le decía?

—Que era una mujer imposible, morbosamente celosa, avara... Tengo la impresión de que le tenía miedo.

—¿En qué sentido?

—A menudo Giulio decía que Giuditta sería capaz de matarlo.

—¿Lo decía por decir?

—No. Estaba convencido de ello. En realidad...

—En realidad, ¿qué?

—Bien, si no lo ha matado, lo ha arruinado.

—Dado que conocía su relación desde hacía tiempo...

—¡¿Lo sabía?!

—¡Claro que sí! ¡Había contratado a un investigador privado para que los siguiera!

—¡Entonces fue ella!

—¿Ella, qué?

—El investigador. Pensé que había sido mi marido.

—Estaba usted equivocada.

—Pero, si lo sabía desde hacía tiempo, ¿por qué ha tardado tanto en vengarse?

—No sé si se lo debo decir.

—Dígame todo lo que deba decirme.

—¿Me promete que se controlará?

—Se lo prometo.

—La señora ha descubierto que su marido, mientras tenía una relación con usted, mantenía relaciones con otra mujer. Fue la gota que hizo rebosar el vaso.

—¿Está seguro?

—Segurísimo.

—¡Cerdo asqueroso!

—No levante la voz, por favor.

—¡Jodido maricón!

—¡Señora!

—¡Qué mierda de hombre!

—Señora, la están mirando.

—¡Me importa un carajo! ¡Canalla! ¡Hijo de la gran puta!

—Vámonos. Seguiremos hablando en mi coche.

—¿Sabe? ¡Yo no podía dormir durante la noche cuando Giulio estaba en el hospital, por la preocupación! ¡Y pensar que estos días ya no me sostenía en pie porque él estaba en la cárcel! ¡Cabrón! ¡Infame! ¡Por mí, ahora en chirona puede criar gusanos! ¡Puede reventar! ¡Gilipollas! ¡Por Dios, qué tonta soy! ¿Qué he hecho mal en la vida para... merecerme... a alguien..., alguien..., alguien... así..., así...?

—¿Quiere un pañuelo?

—Gracias. Déjeme llorar un poco.

—En fin, lo que quería preguntarle es si está segura de que nunca recibió amenazas por parte de la señora Davoli.

—Si me hubiera amenazado, se lo diría.

—¿No lo encuentra extraño?

—Quizá la tenga tomada sólo con su marido.

—No. Porque, mire, a la otra mujer parece que le hizo una llamada anónima amenazándola.

—¡No me hable de la otra! ¡Maldito! ¡Asqueroso! ¡Que reviente en la cárcel!

—¿Diga?

—Soy Maria... Oye, he hablado con el abogado, tal como querías. No sabe en qué cárcel se encuentra Giulio, pero...

—¡No vuelvas a hablarme de Giulio!

—¿Qué te pasa?

—¡Me pasa que ese asqueroso mientras estaba conmigo follaba a lo grande con otra!

—¿Cómo lo sabes?

—Me lo ha dicho un inspector de la policía.

—¿Un inspector? ¿Qué quería de ti?

—Quería saber si Giuditta me había amenazado. Dado que, según parece, lo ha hecho con la otra mujer.

—¿Nada más?

—Nada más.

—¿Y tú qué le has dicho?

—Que nunca me ha amenazado.

—Yo no estaría tan segura, ahora que lo pienso...

—Pero si nunca he recibido una llamada o una carta que...

—No me refiero a eso, sino a lo que me contaste cuando bajé a Roma.

—No me acuerdo.

—¿No me dijiste que una noche, saliendo del apartamento de Borgo Pio, casi te rompiste el cuello porque en los peldaños habían esparcido jabón...?

—Pero yo pensé en una distracción de la portera...

—Sí. Pero ahora, a la luz de lo que te ha dicho el inspector... Yo le telefonearía de inmediato, sin perder tiempo, para contarle que este episodio te ha vuelto a la mente ahora.

—En cuanto termine de hablar contigo lo llamo.

—Entonces, ¿qué vas a hacer? ¿Vendrás?

—Claro que sí. A las diez de la noche nos veremos en Malpensa.

—Doctor, perdone que lo moleste.

—Dime, Bongioanni.

—Es sobre el asunto de la señora Davoli.

—¿Sabes que estás un poco obsesionado, chaval?

—Doctor, aparte del follón que le ha montado al marido, aparte de la llamada amenazante a la señorita Livolsi...

—No puedes probar que ha sido ella.

—Está bien, no puedo probarlo, pero quería informarle de que me acaba de telefonear la señora Marsili. Se ha acordado de algo.

—¿De qué?

—Una tarde, saliendo antes que él del apartamento donde se había encontrado con Davoli, estuvo a punto de romperse el cuello tras resbalar sobre los peldaños de la escalera, que estaban enjabonados.

—¿Y qué quieres decir con eso? Será que la

señora de la limpieza no... Éstas son todas extracomunitarias, ¡vete a saber cómo se lavan las casas en sus países!

—Mire que eran las siete y media de la tarde. No era hora de limpiar.

—¡Pero podía resbalar Davoli!

—Le he dicho que, normalmente, siempre salía ella primero. Y el investigador que contrató la señora Davoli se lo habría contado.

—Está bien, en conclusión, ¿qué quieres?

—Doctor, la señora Davoli aún no está satisfecha del daño que ha causado. En mi opinión, ahora intentará vengarse de la señora Marsili.

—¿Me dices qué quieres?

—Si fuera posible poner a alguien vigilando a la señora Davoli...

—¡Te has vuelto loco! ¡Con la escasez de personal que tenemos! ¡Hazlo tú si quieres, pero fuera de servicio!

—Mire, doctor, la señora Marsili dentro de pocas horas se va a Milán y vuelve el martes. Por tanto, hoy por hoy, no corre ningún peligro. ¿Podemos volver a hablar de ello el martes?

—Volvamos a hablar el martes...

—... Y, por tanto, las partes acuerdan... Antonia, perdone, ¿ha visto mis gafas?

—No, abogado.

—¿Te puedes creer que me las he dejado en casa? Antonia, por favor, ¿podría telefonear a mi mujer y preguntarle si me he olvidado de cogerlas?

—Enseguida, abogado.

—¿Señora Marsili?

—Sí.

—Soy Antonia.

—Dígame.

—¿Podría confirmarme si el abogado se ha olvidado las gafas en casa?

—Sí. Las ha dejado en el baño.

—Está bien, gracias, señora.

—Abogado, la señora ha dicho que se las ha dejado en casa. ¿Quiere que las vaya a buscar? Si salgo enseguida, dentro de una hora ya estoy aquí.

—¿Qué hora es?

—Casi las seis.

—No, se lo agradezco. En realidad, dentro de poco debo salir para acompañar a Ester a Fiumicino. No merece la pena. ¿Dónde estábamos?

—... Y, por tanto, las partes acuerdan...

—Clínica Santa Rita. Dígame.

—Soy el abogado Stefano Marsili. Quisiera saber si en las últimas horas ha sido ingresada la señora Ester Gigante, mi mujer.

—Un momento, por favor. No, aquí no está, no.

—¿Diga?

—¿Hospital San Martino?

—Sí.

—¿En las últimas horas ha sido ingresada la señora Ester Gigante? Soy su marido, Stefano Marsili.

—Espere un instante, que lo compruebo. No me consta.

—Gracias.

—¿Diga?

—¿American Hospital? Soy el abogado Marsili.

Quisiera saber si esta tarde ha ingresado la señora Ester Gigante, mi mujer.

—¿Puede repetir el apellido?

—Gigante.

—Aquí hay una tal Giganti.

—Podría tratarse de un error de transcripción. ¿Cómo se llama?

—Eilen.

—¿Cuántos años tiene?

—Setenta.

—No, no es ella, perdone.

—¿Diga?

—¿El inspector jefe Bongioanni?

—Sí. ¿Quién es?

—Soy el abogado Stefano Marsili.

—Ah. Dígame.

—He encontrado en la cartera de mi mujer, Ester, su tarjeta de visita.

—Sí, se la he dado porque...

—Por casualidad, ¿está con ustedes?

—¿Quién?

—Ester.

—No. Según usted, ¿por qué debería encontrarse en esta jefatura?

—No lo sé, tenía que intentarlo.

—Explíquese mejor.

—Ester ha desaparecido. He telefoneado a todos

los hospitales, las clínicas... Nada. Me estoy volviendo loco.

—¿Usted está en casa?

—Sí.

—No se mueva. Voy enseguida.

—Cuéntemelo todo con calma, abogado.

—Habíamos quedado en que pasaría a eso de las siete a recogerla para acompañarla a Fiumicino. Llegué a las siete y cuarto y no estaba. Entonces pensé que habría salido para comprar algo que necesitaba y que volvería enseguida. Luego me di cuenta de que sobre la mesa estaban su cartera, el móvil y el billete de avión. Su maleta, ya lista, la encontré en la entrada. Al cabo de media hora, al ver que no volvía, me he empezado a preocupar.

—¿Qué ha hecho?

—He bajado, he subido al coche y he dado una vuelta por el barrio... Mientras tanto, he comenzado a telefonear a nuestros amigos... Nadie la ha visto. Entonces he vuelto a casa, he cogido el listín telefónico y he empezado a llamar a todos los hospitales de Roma. Luego se me ocurrió mirar en la cartera y he visto su tarjeta de visita...

—¿Cuándo fue la última vez que la vio?

—Almorzamos juntos, salí de casa hacia las tres y media...

—Y desde entonces...

—No, espere. A las seis ha hablado con mi secretaria.

—¿Fue la señora quien llamó?

—No, le dije a mi secretaria que llamara a mi mujer para saber si me había olvidado las gafas en casa.

—Por tanto, la señora desapareció entre las seis y las siete y cuarto.

—Eso parece.

—¿Tiene idea de qué puede haber ocurrido?

—Sin duda, ha llamado al timbre alguien que ella conoce. Y Ester ha bajado. Llevaba puestas las zapatillas de andar por casa, sus zapatos están al lado de la cama. Por tanto, se trataba de un encuentro de pocos minutos.

—Y quizá esta persona la haya hecho subir al coche para hablar más cómodamente.

—Sí, es posible.

—¿Usted es rico, abogado?

—No como para poder pagar un rescate, si está pensando en un secuestro.

—¿Cree que se puede descartar que haya desaparecido por su propia voluntad?

—Rotundamente sí.

—Oiga, abogado, no se ofenda si...

—Excluyo también eso.

—¡Pero si no me ha dejado acabar la pregunta!

—He entendido dónde quería ir a parar. No, Ester no tiene un amante. Mi mujer no es de ese tipo. Pongo la mano en el fuego.

—Está bien, olvídelo.

—En cambio, tengo una hipótesis.

—¿Cuál?

—La trágica muerte del marido de su amiga del alma, que ocurrió hace pocos días, la ha trastornado. Desde entonces resultaba evidente que Ester no estaba bien. Se la veía pálida, demacrada, tenía poco apetito, sufría de insomnio. En resumen, estaba muy deprimida. Por eso le había aconsejado que se distrajera, que fuera a ver a su amiga a Milán. ¡Joder! ¡Me he olvidado de avisar a Maria, que la espera en Malpensa!

—¿Y entonces? Continúe...

—No excluiría un vacío momentáneo. Una amnesia. A veces sucede.

—Sí.

—Puede ser que haya bajado por cualquier motivo y luego no haya estado en condiciones de volver a casa.

—Pero usted me ha dicho que ha dado varias vueltas por los alrededores...

—Sí, es verdad, pero puede ser que haya subido a un autobús, o que alguien la haya llevado a alguna parte, quién sabe. El problema es que se ha dejado la cartera con los documentos de identidad aquí en casa. Si no recuerda cómo se llama...

—Entonces, ¿qué piensa hacer?

—Quedarme aquí esperando una llamada.

—Está bien. Espero que vuelva a casa. Si no regresa pronto, mañana por la mañana venga a la jefatura, y traiga una foto de la señora para hacer la denuncia de su desaparición, de manera que también nosotros podamos ponernos en marcha.

—De acuerdo.

—¿Diga?

—¿Bomberos?

—Sí. ¿En qué puedo ayudarle?

—Me llamo Adelmo Trentin, llevo un TIR. Vengo de Génova y voy a Roma.

—Dígame.

—Me ha parecido ver un coche al fondo de un barranco. Me he detenido y he bajado para corroborarlo. Es un SUV. Dentro está el cuerpo de una mujer, en el asiento del conductor.

—Pero ¿está muerta?

—Diría que sí.

—¿Y por qué nos llama a nosotros?

—Porque es lo primero que me ha venido a la mente.

—Está bien, nos encargaremos de informar a quien corresponda. ¿Dónde se encuentra?

—En la via Aurelia, en el kilómetro 123.

—Quédese allí y espere hasta que...

—¡Y un carajo! ¡Ya he perdido demasiado tiempo!

9

21 de enero de 2008

Il Messaggero

Mortal y misterioso accidente automovilístico

Ayer por la tarde un SUV con matrícula BS4389YZ fue hallado en el fondo de un precipicio, en el kilómetro 123 de la via Aurelia, por el conductor de un TIR, que informó de inmediato. De los restos del vehículo se extrajo el cuerpo sin vida de una mujer sin identificar que estaba sentada en el asiento del conductor. Más tarde, el abogado Stefano Marsili, residente en Roma, que la tarde anterior había denunciado la desaparición de su mujer, se dirigió a la morgue para identificar el cadáver. Por desgracia, confirmó que se trataba de su cónyuge, Ester Gigante, nacida en Viterbo, de veintiocho años.

El abogado Marsili, muy afectado por lo ocurrido, nos ha explicado que su mujer tenía que coger esa misma noche el vuelo de las 20.45 horas hacia Milán. Ha declarado, además, que ni él ni su mujer han tenido nunca un SUV y que no puede explicar qué hacía su mujer en aquel coche y por qué se encontraba en la via Aurelia. Recordamos a nuestros lectores que, en la noche del 7 al 8 de enero, en ese mismo punto se produjo un grave accidente de tráfico en el que estuvo implicado el conocido empresario de la construcción Giulio Davoli. El caso presenta muchos aspectos sin aclarar y que, de seguro, llevarán a novedades imprevisibles, de las cuales informaremos a nuestros lectores.

—Buenos días, doctor.

—Bongioanni, hagamos un trato. Voy al grano. Primero hablo yo y luego hablas tú. ¿De acuerdo?

—De acuerdo, doctor.

—Veamos, la unidad de robos de coches nos ha comunicado que el SUV pertenece al señor Davoli. Su mujer denunció el robo el día siguiente del ingreso de su marido en el hospital. ¿Me sigues?

—Lo sigo.

—Hace poco, la Científica me ha hecho saber que este SUV podría ser el mismo que arrolló el Panda de Davoli. Por ejemplo, por las manchas de pintura, que en un primer examen son compatibles. ¿Me explicas por qué no te sorprendes, Bongioà?

—Lo suponía, doctor.

—¡Qué bueno eres!

—Modestamente.

—¿Y sabes dónde se encontró el SUV?

—En el kilómetro 123 de la via Aurelia.

—¡Qué memoria tan buena tienes, Bongioà! ¿Sabes que te envidio por ello? ¿Y recuerdas también qué hay dos kilómetros después?

—Una obra de Davoli. La que la Inspección clausuró por la denuncia de su mujer.

—¡Muy bien! Y ahora intenta recordar otra cosa: ¿dónde fue embestido Davoli?

—También en el kilómetro 123.

—Y yo me pregunto: ¿qué hay miel en ese kilómetro 123? Y pensando, pensando, he obtenido también algunas respuestas. O conjeturas, se entiende. ¿Quieres saber cómo ha ido el asunto?

—Por supuesto.

—¿No quieres tomar nota?

—Usted mismo acaba de decir que tengo buena memoria.

—Por casualidad, ¿te ha venido a la mente que Ester Marsili, la pobre chica, era la amante de Davoli?

—Lo he tenido siempre presente, doctor.

—Pero no hasta el punto de sumar dos más dos.

—No le entiendo.

—¡Me sorprendes, Bongioà! ¡Con la vasta inteligencia que tienes! Yo te lo explico. Veamos. La señora Marsili se entera, no sé cómo, esto ya lo veremos a continuación, de que Davoli tiene otra amante en Grosseto. Una tal Gianna Livolsi. Exasperada por los celos, porque está enamorada de verdad de Davoli, una tarde que su amante le dice que se tiene que ir a Grosseto decide vengarse. Sabe, porque se lo ha dicho Davoli, que cogerá el Panda y dejará el SUV aparcado cerca de su casa. Entonces concibe un plan ingenioso. ¿Me sigues?

—Paso a paso.

—Roba el SUV y... ¿Por qué levantas el dedo? ¿Tienes que ir al baño?

—No, doctor, sólo quería advertir que no es fácil, para una señora, robar un automóvil.

—¿Y si tiene una copia de las llaves?

—¿Habría hecho una copia?

—¡Qué va! ¿Sabes cuántas veces habrá estado en ese SUV? Tal vez a veces follaban en él. Y quizá las llaves se las habría dado el mismo Davoli. Y, además, ¿no habíamos hecho el trato de que hablaba yo? ¿Por qué coño me interrumpes?

—Perdone, doctor.

—¿Por dónde iba? Ah, roba el SUV, toma la via Aurelia y se desplaza a las inmediaciones de la obra. Seguro que Davoli la habrá llevado allí alguna vez. Y ella habrá advertido el barranco. Para hacerlo deprisa, espera a que pase el Panda y lo embiste. Luego, para construirse una coartada, comienza a mandar mensajes desesperados a Davoli, fingiendo que no sabe qué le ha sucedido. ¡Llega a telefonear a su mujer! Pero, como lo veo yo, no se trata sólo de una coartada.

—¿Qué quiere decir...?

—¿Qué sabes del amor, Bongioà?

—Lo que saben todos.

—O sea, nada. Inmediatamente después de haber provocado el accidente que podía ser mortal, Ester se arrepiente, comprende que ama a Davoli más que antes. Y su remordimiento se agrava cuando la señora Davoli se venga de su marido. Asume la culpa de todo lo que está sucediendo. El marido de Ester, el abogado, te ha dicho que ella ya no dormía ni comía. Y el remordimiento continuó corroyéndola hasta que no pudo más. Sacó el SUV que tenía escondido en alguna parte y se suicidó.

—¿Puedo, doctor? Cuando vi a la señora Marsili en Rosati no me pareció tan arrepentida como supone usted. ¡Si supiera lo que dijo de Davoli!

—¡Fingía, Bongioà! ¡No era tan tonta como para decirte que sabía lo de la aventura con la chica de Grosseto!

—Pero ¿para qué coger el SUV, llegar hasta el kilómetro 123 y...?

—¡Eso es un mensaje, Bongioà!

—¿Para quién?

—¿Cómo que para quién? ¡Para mí, por ejemplo! Para ti no, en cambio. No te ha llegado: o, si te ha llegado, no has sabido leerlo.

—¿Y qué dice el mensaje?

—Dice: «¡Aquí he cometido mi pecado y aquí lo pago!». ¡Es como si hubiera puesto la firma!

¿Cómo es que no lo entiendes? Bongioà, ¡cuando pones esa cara te abofetearía!

—Perdone, doctor, no es aposta, me sale sola.

—Adelante, habla.

—Pero ¿para qué coger el SUV de Davoli para embestirlo? Podía usar el suyo, que es un coche grande, me he informado. Lo usaba, lo escondía y denunciaba el robo.

—Bongioà, ¿tú eres tonto o te lo haces? Si luego, pongamos por caso, encuentran el coche, inevitablemente habría salido a la luz su relación con Davoli. Si, en cambio, encontraban el SUV, nadie habría podido pensar en ella. ¡Te he dicho que el plan era genial! Como mucho, habríamos sospechado de la mujer de Davoli. En este caso, Ester se habría vengado. ¿No me has dicho tú mismo que la señora Davoli habría intentado romperle el cuello? ¿Qué sucede? ¿Te has quedado mudo?

—¿Qué debo hacer?

—¿Sólo sabes decirme eso? No me das ninguna satisfacción, Bongioà. Ve, ve a buscarme las pruebas. Y rápido.

—Abogado, comprendo que mi presencia en un momento así, tan doloroso como éste...

—Usted no hace más que cumplir con su deber, inspector. Pero, créame, estoy aturdido y confuso, ¡ha sido un verdadero mazazo!

—Lo entiendo perfectamente.

—¿Han descubierto algo?

—Sí. Pero...

—¿Pero?

—Lo que debo contarle no será agradable. Se lo ruego, sea fuerte, abogado.

—Ahora ya no me importa nada. Dígame.

—Lamentablemente, hemos descubierto que su mujer mantenía desde hacía tiempo una relación con un tal Giulio Davoli, un gran empresario de la construcción, ¿lo conoce?

—No.

—¿No se sorprende? La otra vez que nos vimos, si se acuerda, excluyó categóricamente que...

—Lo sé. Pero estas últimas horas, pensando en Ester, por desgracia se me han aclarado algunas cosas.

—¿De verdad?

—¿Sabe? Conversaciones por teléfono que no me dejaba escuchar, hablaba con monosílabos, citas extrañas, explicaciones improvisadas... No les daba demasiada importancia, convencido como estaba entonces de que Ester jamás... Resuélvame una duda: ¿se encontraba con su amante en las inmediaciones de Borgo Pio?

—Sí.

—¡Eso es! ¡Me pareció verla por allí un día! Pero ella lo negó. Y yo la creí.

—El SUV en el cual fue encontrada la señora pertenecía a Davoli. Cuya mujer había denunciado el robo.

—Pero, perdone, si había sido robado, ¿cómo es que lo conducía Ester?

—Ése es nuestro problema. No podemos explicárnoslo. ¿Ustedes tienen un garaje?

—Sí. Allí guardamos nuestros dos coches.

—¿No tienen más?

—No.

—¿Tiene alguna propiedad fuera de Roma?

—Una casa de campo con un poco de tierra que era del padre de Ester. En Viterbo. En esa localidad también vive un primo suyo.

—¿Sólo eso?

—Una casita en la playa, en Fregene. Fuera de temporada, vamos allí algunos fines de semana. Pero en el último mes no hemos estado.

—¿Hay un garaje?

—Sí. ¿Piensa que... Ester lo ha escondido allí?

—Todo es posible.

—¿Por qué?

—Es una larga historia... Estamos reuniendo las piezas... Cuando el cuadro esté completo, se lo diré.

—Esperemos.

—Tengo que preguntarle algo más.

—Dígame.

—¿Dónde estaba la noche del 7 al 8?

—¡¿Yo?! ¿Por qué me lo pregunta?

—Le rogaría que me respondiera.

—Así, de pronto, no... ¿Me permite que mire la agenda?

—Tómese su tiempo.

—Aquí está. Estaba en Nápoles.

—¿Volvió por la tarde?

—No. Regresé a Roma por la mañana, muy temprano.

—Por tanto, no durmió en casa.

—Le acabo de decir que...

—¿Habló con su mujer?

—Cuando estoy fuera le telefoneo siempre antes de cenar. La llamo al fijo o al móvil.

—¿Recuerda si aquella tarde respondió desde fuera de casa?

—No lo recuerdo.

—Haga un esfuerzo.

—¿Es importante?

—En cierto sentido, sí.

—Mire, si no me equivoco, me dijo que iría al cine. Normalmente, nunca va sola, sino que la acompaña una prima lejana, Valentina de Feo. Si quiere la llamo y...

—Me haría un gran favor. Si tuviera la amabilidad de poner el altavoz...

—¿Diga?

—Valentina. Soy Stefano.

—¡Querido Stefano! ¿Cómo te encuentras? ¿Estás solo? ¿Necesitas algo? ¿Quieres que vaya a verte? Cualquier cosa, Stefano, no hagas cumplidos en un momento como éste...

—Te lo agradezco, Valentina. Sé que puedo contar contigo. Necesitaría saber algo que me pregunta la policía, no sé por qué.

—Dime.

—La tarde del 7, cuando yo estaba en Nápoles, ¿por casualidad Ester y tú fuisteis al cine?

—¿El 7, dices?

—Sí.

—Ah, mira, el 7 puedo excluirlo. Ahora me acuerdo perfectamente. Los Galluppi me invitaron a la licenciatura de su hijo. Yo quería llevar a Ester, pero ella se negó.

—¿Te dijo por qué no quería ir?

—Le dolía la cabeza. Pero, en mi opinión, era una excusa, los Galluppi no le caían simpáticos.

—Te lo agradezco.

—Esta tarde paso a verte y te llevo la cena. Adiós.

—¿Ha oído?

—Sí, abogado.

—¿Tiene más preguntas? Estoy un poco cansado.

—Me marcho enseguida. Pero antes quisiera que me diera la dirección y las llaves de la casita de Fregene.

—¿Quiere registrarla?

—¡No, por Dios! Sólo echar un vistazo.

—Voy a buscarlas.

—Gracias.

—Es extraño, inspector. No están en el sitio habitual. No las encuentro.

—Perdone, pero ¿le han devuelto, digámoslo así, los efectos personales de su mujer?

—Sí.

—¿Dónde están?

—En esa bolsa que está en la antecámara. No he tenido el valor de abrirla.

—¿Puedo verla?

—Si lo considera indispensable...

—Había estos tres juegos de llaves. Éste es del SUV. ¿Y los otros dos?

—El más grande es el de casa.

—¿Y el más pequeño?

—Es... de la casita de Fregene.

—¿La señora llevaba estas llaves siempre encima?

—Que yo sepa no. No entiendo por qué las había cogido.

—¡Virgen santa, Bongioà, está todo tan claro! Esa mujer se dejó la tarde libre, no fue donde los Lalluppi...

—Galluppi.

—¡No me interrumpas con tonterías, Bongioà! ¡Se dejó la tarde libre para ir al kilómetro 123! Y a ese marido cornudo que le telefoneaba desde Nápoles le habría respondido desde el móvil. Luego, después de haberla liado, guarda el SUV en el garaje de la casita de Fregene para poder cogerlo cuando decida suicidarse.

—Mire que a las dos de la madrugada no es fácil volver a Roma desde Fregene sin un coche...

—Pero ¿dónde tienes la cabeza, Bongioà? ¡A ella le importaba un pimiento volver a Roma por la noche! ¡Total, el marido estaba durmiendo tranquilamente en Nápoles! ¿Por qué te molestas? Habrá cogido un autobús al amanecer, o un tren, se habrá hecho acompañar...

—Pero sepa que a Fregene he ido con Elena Massi.

—¿Y quién es? ¿Tu novia? ¿Una que te tiras?

—Doctor, Massi es una colega de la Científica.

—¿Y tú metes en medio a la Científica sin ni siquiera...?

—Es una amiga. Ha venido a título personal. Una especialista.

—¿En qué?

—En rastros de neumáticos.

—¡No me digas! ¿Y bien...?

—En el garaje de la casita no hay rastro del SUV.

—¿De verdad? ¡Qué inteligentes sois tú y Fassi!

—Massi.

—No jodas. ¿Y qué es el SUV, un tanque? ¿Por qué debería haber dejado rastros en un pavimento presumiblemente de cemento?

—Porque la tarde del 7 llovía a cántaros.

—¿Y con eso qué...?

—Debería haber rastros de fango. En cambio, no hemos hallado nada.

—¿Y eso qué significa? Como máximo, que no lo ha ocultado en el garaje. Lo habrá dejado detrás de la casita, en una callcja cercana. Quizá en paralelo, para que no se viera el frontal roto. ¿No te convence?

—Sinceramente, no.

—Ya no te reconozco. ¿Qué te ha sucedido?

¿Dónde ha ido a parar mi brillante Bongioanni? ¿Demasiadas excursiones a Fregene con Bassi? ¿Nos hemos vuelto locos?

—Doctor, yo no...

—¡Insisto, Bongioà! ¡Tú no eres el mismo de hace tres días!

—Doctor, sencillamente quisiera hacerle notar que no conviene insistirle al fiscal en que la señora Marsili ha escondido el SUV en Fregene, eso es todo.

—¡«Eso es todo», me dice! ¡Pero si tú mismo, reproduciéndome la conversación con el abogado Marsili, me has dicho que Ester había ido a Fregene!

—¡Yo nunca he dicho eso!

—Directamente, no; indirectamente, sí. ¿Me has referido, sí o no, que habías encontrado las llaves de la casita entre los efectos personales de la difunta?

—Sí.

—¡Virgen santa! ¿Y el marido no te ha dicho que habitualmente no, subrayo el no, las llevaba encima?

—Sí.

—Y, entonces, ¿por qué tenía el SUV consigo? ¿No respondes? Venga, déjame llamar al fiscal, así archivamos el caso.

—Doctor, ¿le puedo pedir un favor?

—Habla.

—¿Puede esperar tres o cuatro días antes de telefonear al fiscal?

—Dejémoslo en tres y no se hable más.

—Y si le pido otro favor, ¿me pega un tiro?

—No te alargues, Bongioà.

—Quisiera tener una conversación con Davoli.

—¿Quieres hacer un paseíto a Milán? ¿También en compañía de Massi?

—Ha sido trasladado a la Regina Coeli, doctor.

10

23 de enero de 2008

Il Messaggero

Novedades imprevistas en el caso Marsili

Fuimos fáciles profetas cuando, al dar la noticia del hallazgo del cadáver de la señora Ester Marsili en el interior de un SUV que se había precipitado por un barranco en el kilómetro 123 de la via Aurelia, escribimos que el caso tendría novedades imprevisibles. En efecto, la policía ha podido verificar de inmediato que el coche no era propiedad de la señora Marsili, sino que pertenecía al constructor Giulio Davoli, recientemente arrestado mientras intentaba cruzar la frontera suiza al haberse emitido contra él una orden de búsqueda y captura por fraude fiscal, transferencia de capitales al exterior y blanqueo. Con anterioridad, Davoli, también a la altura del kilómetro 123, había sido embestido por un automóvil desconocido y había sido hospitalizado por las heridas sufridas. La policía, entonces, supuso que se trataba de un intento de homicidio contra Davoli. Ahora la policía ha podido verificar que el SUV dentro del cual fue hallado el cadáver de la señora Marsili es el mismo que chocó contra el Panda en el cual viajaba Davoli.

En círculos bien informados se plantea la hipótesis de que la señora Marsili, sentimentalmente ligada a Davoli, aunque ambos estaban casados con sus respectivos cónyuges, intentó matar a su amante porque descubrió que la engañaba con otras mujeres. Además, la señora Giuditta Davoli, enterada de la infidelidad de su marido, durante la hospitalización de éste lo denunció a la Policía Fiscal y proporcionó las pruebas de las malversaciones de su cónyuge que provocaron su arresto.

Siempre según estas fuentes bien informadas, la policía habría llegado a la conclusión de que la señora Marsili, presa de amargos remordimientos, se quiso suicidar con el mismo coche con el que había intentado matar a su amante infiel. Y lo hizo precipitándose por el mismo barranco al que había empujado a Davoli, en el kilómetro 123 de la via Aurelia.

Hemos intentado entrevistar al abogado Stefano Marsili, marido de la presunta suicida, así como a la señora Giuditta Davoli, mujer del empresario de la construcción que era amante de Marsili, pero los dos están ilocalizables.

—Señor Davoli, soy el inspector jefe Bongioanni de la jefatura de Roma.

—Un placer, si se puede decir así.

—¿Por qué?

—¿Ahora os metéis también vosotros? ¿Mi mujer, Giuditta, acaba de denunciarme por pedófilo?

—No, señor Davoli, nada de eso.

—Entonces, ¿qué quiere?

—Quería hacerle algunas preguntas que no suponen ninguna nueva acusación contra usted.

—¡Menos mal!

—¿Ha tenido ocasión de ver lo que ha publicado *Il Messaggero*?

—Me lo ha referido mi abogado.

—¿Qué piensa de todo eso?

—Son gilipolleces. Estáis muy equivocados.

—Explíqueme por qué piensa eso.

—Aunque me hubiera llevado a la cama a todo

un cuerpo de baile, Ester nunca habría pensado en matarme. Es más, ¿qué se apuesta a que me habría perdonado?

—Por tanto, ¿usted descarta que quien lo embistió la noche del 7 al volante del SUV fuera la señora Marsili?

—Lo descarto.

—¿Y quién era, en su opinión?

—Mire, ya se lo he dicho al abogado que me asistía en Milán: sin duda, conducía Giuditta.

—Entonces, ¿me parece entender que usted no cree en la hipótesis del suicidio de la señora Marsili?

—¡¿Desde cuándo?! ¡Fue un gran homicidio!

—¿Y quién podría ser el autor?

—Elemental, Watson, como decía Sherlock Holmes: mi querida mujercita.

—Por tanto, su SUV nunca lo robaron.

—Ésa fue una buena jugada de mi mujer. Giuditta, después de haberme empujado, volvió a Roma y sencillamente lo dejó en nuestro garaje. Luego denunció el robo. ¿Habéis mirado en el garaje?

—No teníamos ningún motivo.

—¡Y ella contaba precisamente con eso! ¡Es el diablo!

—Pero ¿por qué la señora Giuditta habría matado a la señora Marsili?

—¡Porque era mi amante, joder!

—¡Pero no ha matado a la señorita Livolsi!

—Denle tiempo y liquidará también a Gianna.

—Señor Davoli, como *Il Messaggero* no lo ha publicado, se lo revelo ahora: algunos trabajadores de la jefatura sostienen que la señora Marsili, después de embestirle con el coche, habría escondido el SUV en una casita de su propiedad en Fregene.

—Pero no ha sido Ester quien...

—Ya me lo ha dicho. Pero mi pregunta es otra. ¿La señora Marsili tenía las llaves de su SUV?

—¿Y por qué debería tenerlas?

—¿Está seguro?

—No del todo.

—¡No! Debe darme una respuesta precisa.

—No estoy en condiciones de dársela.

—Dígame por qué.

—Dado que a veces se lo he prestado, no puedo excluir absolutamente que...

—Entiendo. Puede que no se las hubiera devuelto. Una última pregunta. ¿Usted conocía la casita de Fregene?

—¡Claro!

—¿Le había hablado de ella la señora Marsili?

—¡Más que eso! ¡He estado allí con Ester al menos durante un mes! ¡Hasta tenía las llaves!

—Pero ¿no se encontraban en Borgo Pio?

—Veo que está bien informado. Aquel apartamento estaba alquilado a alguien que después lo dejó. Y, por eso, cuando esa persona se mudó, lo cogí yo. Ir a Fregene era bastante incómodo.

—¿Y le ha devuelto las llaves de Fregene?

—No. Ester me dijo que me las quedara, por si ocurría cualquier eventualidad. Podríamos hacer una escapadita en un día bonito. Las guardaba en casa, en un cajón del escritorio de mi despacho.

—¿El cajón que su mujer ha forzado?

—Exactamente.

—Bueno, yo no...

—Resuélvame una duda. ¿Por qué las llaves de la casita son tan importantes para ustedes?

—Antes de responderle le hago yo una pregunta: que usted sepa, ¿la señora Marsili llevaba estas llaves siempre consigo?

—No. Las cogía sólo cuando las necesitaba. Si íbamos a menudo, me decía que le recordara que pusiera las llaves en su sitio nada más volver a casa.

—¿Por qué tanta atención?

—Me explicó que las llaves estaban colgadas con otros juegos junto a la puerta de entrada. Si faltaban, su marido podría darse cuenta.

—Entiendo.

—Y ahora dígame por qué le interesan esas llaves.

—Porque la señora Marsili las llevaba consigo en el SUV.

—Y qué... ¡Un momento! ¡Sin duda, esas llaves son las mías! ¡Giuditta las cogió del cajón y se las puso encima cuando la mató!

—Gracias por recibirme, señora Davoli.

—¿Acaso tenía otra opción?

—Estoy aquí para hacerle algunas preguntas.

—¡Ya me imagino que no ha venido para saber cómo estoy de salud!

—¿Cómo se encuentra?

—No se haga el gracioso. ¿Qué preguntas quiere hacerme?

—¿Ha leído lo que ha publicado *Il Messaggero*?

—Sí.

—¿Y qué piensa?

—Que aún hay periodistas serios.

—Mire, señora, yo estoy aquí para tratar de encontrar elementos que puedan corroborar la hipótesis de que la señora Marsili se suicidó por el remordimiento de haber intentado matar a su amante, o sea, al señor Davoli. Debo anteponer algo: yo estoy firmemente convencido de esta hipótesis y estoy haciendo todo lo posible para demostrarla.

—¡Por fin en la policía hay alguien que razona como es debido! ¡Bravo!

—Gracias.

—¡Estoy más que convencida de que las cosas sucedieron de la manera en que se narran en ese artículo!

—¡Bien, me alegro! ¿Sabe, señora? Se supone que la señora Marsili tenía escondido el SUV de su marido en una casita de Fregene. Esto en el periódico no se explica, pero...

—¡Pero yo lo sospechaba!

—Perdone, ¿solamente lo sospechaba o conocía la existencia de esta casita?

—¡Cómo no! La conocía. ¡El investigador me había dicho que iban allí a hacer sus asquerosidades!

—¿Y nunca tuvo la tentación de ir a verla?

—¿La casita? Sí, una vez. Desde fuera.

—Resuélvame una curiosidad personal. ¿Alguna vez fue a Borgo Pio, donde su marido tenía...?

—Sí. También una sola vez.

—Su marido me ha dicho que guardaba las llaves de la casita en un cajón de su escritorio.

—Puede ser.

—¿Usted no sabe dónde fueron a parar?

—Tenía varias llaves. Era muy ordenado,

¿sabe? Cada juego con su bonita etiqueta, para no confundirse. Para que no hubiera equívocos entre una ramera y otra.

—¿Debo suponer que todas estas llaves aún se encuentran en su apartamento?

—Las he tirado todas en un contenedor.

—Usted, desde que se marchó, ¿no ha vuelto a su casa?

—No he puesto ni un pie. Y no tengo la intención de volver a ponerlo.

—Bueno, ahora que su marido está en la cárcel, no tiene nada que temer.

—¿Usted cree?

—¿La señora Adelina Ravazzi?

—Soy yo.

—¿Usted es la propietaria de la pensión familiar Aurora, sita en via Asmara?

—Sí. ¿Y usted quién es?

—Soy el inspector jefe Bongioanni de la jefatura de Roma. Aquí tiene la placa.

—¿Y qué quiere?

—Señora, nos ha llegado una denuncia anónima según la cual las condiciones higiénico-sanitarias de su pensión no se ajustan a las normas. Debemos hacer una minuciosa inspección.

—¿Ahora?

—Ahora.

—¡Jesús! ¡Estoy haciendo las compras!

—¡Déjelo todo y sígame!

—Oiga, inspector, yo con esa pensión voy tirando. Si me la cierra, ya puedo ir a pedir limosna. ¡Por favor!

—Señora, lo siento, pero no...

—Inspector, se lo suplico. ¿Ve? ¡Me está haciendo llorar!

—Bueno, pensándolo bien, tal vez podamos llegar a un acuerdo...

—¡Ojalá! Pero mire que yo no tengo mucho dinero ahorrado.

—No quiero dinero, sino sólo una información.

—¡Todo lo que quiera saber!

—¿La señora Giuditta Davoli se hospeda en su casa?

—Sí. Es una buena persona, un poco pretenciosa, pero...

—¿Sale por la tarde?

—A veces. Va al cine.

—¿Vuelve siempre a la misma hora?

—Siempre. Sólo la otra noche volvió a las cuatro de la madrugada. Yo estaba preocupada...

—Trate de recordar exactamente cuándo fue.

Comisaría de Roma

Corso Trieste, 154

Prot. n.°: NO PROTOCOLIZADO
Objeto: PRESUNTO SUICIDIO MARSILI

RESERVADA Y PERSONAL

Al doctor
Costantino Lopez
Director

Esto, como se deduce de la falta del número de protocolo, no es un informe oficial, sino una relación reservada dirigida a usted.

Estoy convencido de que el hecho de precipitar el SUV propiedad de Giulio Davoli en el kilómetro 123 de la via Aurelia, en el punto exacto donde anteriormente se embistió a Davoli, fue, como usted me ha ilustrado, egregio doctor, un verdadero mensaje.

Sólo que quien lo ha enviado, según mi modesta opinión, no fue la señora Marsili, sino otra persona.

He interrogado en la cárcel al señor

Davoli y posteriormente, en la pensión donde se hospeda, a la señora Davoli.

Del interrogatorio de Davoli se ha revelado que:

1) Probablemente, la señora Marsili poseía las llaves del SUV (lo cual reforzaría su tesis, egregio doctor).

2) Davoli conocía perfectamente la existencia de la casita de Fregene, porque se había trasladado allí durante un mes seguido con la señora Marsili. Y poseía copia de las llaves, que guardaba en un cajón en el escritorio de su casa.

3) Davoli está firmemente convencido de que quien asesinó a la señora Marsili fue su mujer, Giuditta.

De la conversación mantenida con la señora Davoli se ha revelado que:

1) También la señora conocía la casita de Fregene.

2) Presume de que las llaves de esa casita se encontraban en el cajón del escritorio de su marido, junto con las otras, pero asegura que las tiró todas a un contenedor.

Con posterioridad, he ido a hablar con el doctor Ernesto Gionfrida, que ha realizado la autopsia del cadáver de la señora Marsili.

Ester Marsili murió por una herida en la frente, causada por un violento impacto.

La Científica, interpelada por mí, ha encontrado en el volante pequeños rastros de sangre pertenecientes a la señora Marsili, pero ha querido subrayar algo extraño: que un impacto tan violento no haya deformado de ninguna manera el volante mismo.

Por último, y le ruego que me atienda con la bondad que lo distingue por encima de todos, cuando mi colega Elena Massi y yo pasamos por casualidad por delante de la vivienda de Davoli vimos, siempre por casualidad, que la persiana del garaje de Davoli había sido forzada, así que entramos dentro por pura curiosidad.

Por casualidad, la señora Massi notó que había rastros de fango que habrían dejado los neumáticos de un SUV.

Habida cuenta de lo anterior, le expongo mi teoría a partir de esas conclusiones:

Quien mató a la señora Marsili fue Giuditta Davoli.

Le narro a continuación mi reconstrucción de los hechos:

Después de haber chocado con el SUV contra el Panda en el cual viajaba su marido, la señora Davoli continúa circulando y guarda el coche en su garaje. De aquí los rastros de fango detectados, dado que esa noche llovía. Al día siguiente denuncia el robo, segura de que no se efectuará ningún control.

Luego, después de haber mandado a su marido a chirona, decide pasar a la segunda fase de la venganza.

Coge el SUV del garaje (ironía del destino: ¡fui yo quien le dijo que el ladrón del SUV podría estar dando vueltas sin ser molestado por la ciudad!) y va a la casa de la señora Marsili. Llama, le dice que quiere hablar con ella, que sólo le llevará unos minutos. Aunque al principio se muestra reacia, la señora Marsili baja. La señora Davoli la invita a sentarse en el asiento posterior del SUV y se acomoda a su lado. No sé si la señora Marsili sabía de la denuncia del falso robo, pero si pidió explicaciones, la señora Davoli le habría respondido que habían encontrado el coche.

En un cierto instante, aprovechando

un momento favorable, la señora Davoli golpea en la frente a la señora Marsili, probablemente causándole la muerte, y la recuesta en el asiento posterior. Si alguien la ve, parecerá que duerme.

Luego se pone en el asiento del conductor y se dirige a la via Aurelia.

En el kilómetro 123 se detiene.

Coloca a la señora Marsili en el asiento del conductor, le restriega la frente contra el volante y arroja el automóvil.

Para mí, la lectura correcta es ésta: morirás en el mismo sitio donde no he conseguido matar a mi marido.

Y poniendo las llaves de la casita de Fregene en el coche con el cadáver nos induce a seguir una pista falsa.

En resumen, el que suscribe cree más en la fuerza de la venganza que en las consecuencias del remordimiento.

Como prueba de cuanto supongo, he interrogado a la señora Adelina Ravazzi, propietaria de la pensión Aurora, donde se alojaba la señora Davoli.

La señora Ravazzi está dispuesta a testimoniar que la noche en que la señora Marsili se habría suicidado, Giuditta Davoli regresó a las cuatro de la madrugada. Cosa que no había hecho nunca.

También le hago notar otras anomalías que ha detectado la Científica:

1) En el volante se han encontrado las huellas dactilares de Giulio Davoli y de Ester Marsili, pero también de la señora Davoli.

2) Que es muy difícil que la sangre que brotó de la frente de la señora Marsili por el impacto contra el volante pueda haber ido a parar, en tal cantidad, al asiento posterior.

¿No cree, egregio doctor, que debe concederme una reunión a la luz de cuanto le he descrito?

El inspector jefe
(Attilio Bongioanni)

—Yo te concedo la reunión, Bongioà. ¡Pero debo decirte que me has tocado los huevos!

—No tenía ninguna intención...

—Aunque no la tenías, me los has tocado. No tengo tiempo que perder contigo. ¡Tus hipótesis las desmonta un picapleitos de tres al cuarto en un santiamén! Los rastros de fango ¿a cuándo se remontaban, eh? ¡El SUV estaba en aquel garaje! ¡Y había llovido también el 7! ¿Y qué me vienes a contar de la sangre? El SUV ha volcado, ¿no? ¡Y entonces la sangre ha salpicado también en la parte de atrás! ¿Y las llaves de la casita? ¿No te parece un poco forzado sostener que las ha puesto la señora Davoli? ¡Hipótesis infundadas, mi querido e inteligentísimo Bongioanni!

—¿Y sobre el hecho de que la señora Davoli estuvo fuera hasta las cuatro de la madrugada no me dice nada?

—¿Cuántos años tiene?

—¿La señora Davoli? Unos cuarenta.

—¿Y no tiene derecho, pobre mujer, con su marido en chirona, a echar un polvo también ella de vez en cuando?

—Pero le quiero hacer notar que todas sus argumentaciones también son hipótesis.

—A eso voy, a la cuestión de las hipótesis. ¡Pero antes cuéntame todos esos casos afortunados que te han permitido entrar en el garaje con tu amiguita Bassi!

—Massi. ¿Qué hay que decir sobre eso?

—Muchas cosas, Bongioà. Por curiosidad: ¿antes de mirar los rastros de fango habéis bajado la persiana y os habéis dado un revolcón?

—Doctor, ya le he dicho que Massi...

—Olvídalo, veo que, sobre este tema, eres muy susceptible. Te estaba diciendo otra cosa. No me acuerdo, ayúdame.

—Me estaba preguntando por los casos afortunados...

—¡Eso, bravo! ¿Sabes que si le dejo leer al comisario jefe lo que me has escrito te jodo la carrera?

—¿Por qué?

—Bongioà, pero ¿tú verdaderamente piensas que puedes darme por culo? ¡Tú has forzado esa persiana!

—Sí.

—¿Ves que eres un capullo? Yo pensaba que

podía fiarme... ¿Te acuerdas de la publicidad del preservativo?

—No.

—«Fiarse está bien, pero Hatù es mejor.» ¡Ja, ja! Volvamos a las hipótesis. Las tuyas y las mías. ¿Estás de acuerdo?

—Sí.

—Respóndeme bien, Bongioà.

—Sí, señor.

—¿Ves que cuando quieres eres bueno? Continuemos. Ahora te hago una pregunta a la que debes responder con una palabra. ¿Quién es el jefe aquí dentro, tú o yo?

—Usted.

—Entonces, mis hipótesis valen más que las tuyas. Y no hay nada que añadir. ¿Está claro, Bongioà?

—Está claro.

—Toma, coge tu informe confidencial, rómpelo y tíralo a la papelera. Por tu bien. ¿Hecho?

—Hecho.

—Dame las gracias.

—Gracias.

—Y ahora vete, porque debo telefonear al fiscal para decirle que el caso está cerrado.

—Abogado, lo llaman por teléfono.

—Voy. Mientras tanto, tráeme otra cerveza.

—Enseguida, abogado.

—¿Quién es?

—Tesoro mío, vida mía, soy yo, tu amor. ¡Has estado excepcional! Quería decirte que en Milán también lo he resuelto todo. Podría volver a Roma pasado mañana.

—Quizá sea mejor que te quedes algunos días más.

—¡Pero si me has dicho que el caso está cerrado!

—Toda prudencia nunca es suficiente.

—Pero nadie podrá pensar que has sido tú quien...

—Basta. Calla. No digas nada por teléfono.

—Pero ¿por qué no quieres que vuelva enseguida?

—Porque no me podría resistir a reunirme contigo. Y si nos viéramos...

—¡Pero yo quiero verte en cuanto llegue!

—Mira, de día podemos vernos al menos una vez, oficialmente. Para darnos las correspondientes condolencias.

—¿Y de noche?

—De noche es otra cosa.

—Pero ¿tú lo crees? ¡Nos hemos librado de todos!

—No hables de eso por teléfono, ya te lo he dicho.

—Oye, tengo una idea. ¿Por qué no nos encontramos en un sitio a mitad de camino cuando baje con el coche a Roma? Nos tomamos un pequeño anticipo, ¿qué dices? Yo cogeré la via Aurelia porque debo ir a Livorno para saludar a los padres de Francesco.

—Me parece bien. Podemos encontrarnos en el kilómetro 123, en las inmediaciones hay un motel. Cogemos una habitación y pasamos la noche allí. Total, nuestras caras no han aparecido ni en los periódicos ni en la televisión.

—Me has hecho feliz. Hasta pronto, Stefano, mi vida.

—Esta noche soñaré contigo, Maria, amor mío infinito.

Defensa de un color

El texto que aparece a continuación es una intervención del autor en el congreso Scrittori e critici a confronto (Escritores y críticos en debate), que se celebró en la Università degli Studi Roma Tre los días 24 y 25 de marzo de 2003. Fue publicado en la recopilación *Come la penso* (Chiarelettere, 2013) y la edición original italiana de *Km 123*, publicada por la editorial Mondadori, la volvía a incluir por sugerencia del autor. A modo de homenaje, desde Ediciones Destino la presentamos también a los lectores en español.

Creo que todos habréis adivinado que el color que pretendo defender es el *giallo* (amarillo). El amarillo no como color en sí ni como significación simbólica, sino el amarillo en cuanto a color de portada. Y habrá que comenzar de inmediato con una aclaración. La novela policíaca, judicial, en una palabra, el *mystery*, se llama «giallo» sólo en Italia. En el verano de 1929, el editor Mondadori decidió dar vida a una nueva colección de novelas policíacas y publicó los primeros cuatro volúmenes. Los autores, vale la pena recordarlos, eran el estadounidense Van Dine, refinado crítico de arte que había creado el personaje del investigador Philo Vance, lejanísimo en cuanto a gustos y comportamientos de algunos de sus rudos colegas estadounidenses; el inglés Edgar Wallace, considerado un maestro en esa época; también la norteamericana Anna Katharine Green, que en 1883 había sido la primera en definir una novela suya, en el subtítulo, como una *«detective story»*, y nada menos que Robert Louis Stevenson con una recopilación de relatos, entre los cuales destacaba el inmortal *Doctor Jekyll y Mister Hyde*. Estos títulos demuestran una inicial inseguridad, vistosamente subrayada por la presencia de Stevenson: ¿se puede considerar su célebre narración sólo como un relato de género? ¿O el relato no puede ser incluido (o mejor comprimido) dentro del rígido esquema de lo policíaco? La semilla de la discusión que en los años venideros definiría como «paraliteratura» a lo policíaco ya estaba presente en la elección de los cuatro títulos. Pero continuemos. Entonces era muy habitual que un editor distinguiera los contenidos de sus publicaciones diversificando los colores de las portadas. Mondadori tenía dos colecciones que se caracterizaban por ese color: Los libros azules, reservados a la narrativa italiana, y Los libros verdes, para la historia novelada, a las que posteriormente se añadieron Los libros negros, dedicados a historias sombrías y tristes, que alojaron las novelas de Simenon. Para la nueva serie policíaca eligieron un bonito color amarillo, vivísimo, que atraía las miradas. El poeta Leonardo Sinisgalli, en un artículo de diciembre de 1929, reseñó los cuatro volúmenes definiéndolos como *«romanzi gialli»* no sólo por su portada, sino sobre todo por su contenido. Desde aquel momento, en Italia *romanzo giallo* significó «novela policíaca». En los años inmediatamente siguientes, numerosas editoriales, de la Mediolanum a la Sonzogno pasando por la Nicolli, titularon sus colecciones de *mystery* remitiéndose de algún modo al color amarillo: I Romanzi Gialli, La Biblioteca Gialla, I gialli del cigno, y así sucesivamente.

Los primeros escritores italianos en aventurarse en el género policíaco fueron, de 1930 a 1935, Edoardo Anton, Guido Cantini, Alessandro de Stefani, Guglielmo Giannini, Giuseppe Romualdi, Vincenzo Tieri y Alessandro Varaldo. Estos autores provienen todos del teatro, no de la narrativa. ¿Por qué tantos comediógrafos? Aventuro una discutible hipótesis. La escritura dramatúrgica, por su propia naturaleza, no puede abandonarse a la divagación o a la dilación sobre un detalle marginal, so pena de la caída de la tensión dramática. Bien, entonces se creía que una buena novela policíaca debía ir al grano: mostrar un delito y llegar lo antes posible a la solución. Cuenta Raymond Chandler que en una de sus novelas policíacas había escrito textualmente: «Bajó del coche, atravesó la acera inundada de sol hasta que la sombra del toldo de encima de la entrada le cortó el rostro como un toque de agua gélida». Pues bien, no hubo manera, la historia del agua gélida fue inexorablemente tachada, le explicaron que ralentizaba la acción. El inmediato éxito de los *romanzi gialli* en Italia fue incontestable, hasta el punto de que la colección mondadoriana se vio obligada a desdoblarse en los *gialli tout court* y en los *gialli economici*, en formato fascículo, que costaban la mitad de los otros. ¿Por qué los lectores se apasionan tanto por los *gialli*? Leonardo Sciascia ha propuesto una explicación, sosteniendo que el lector de un *giallo* está en las mismas condiciones que un espectador cinematográfico que acaba identificándose con el protagonista y, por tanto, viviendo las vicisitudes desde dentro. Pero el lector de un *giallo*, continúa Sciascia, no se identifica con el investigador protagonista, sino con su pareja, el compañero: se pone en una grata posición de inferioridad o de pasividad. Puede ser, pero el autor de *gialli* no agradece la pasividad del lector. Todos los escritores de *gialli*, de Freeman a Van Dine, que han escrito las reglas del *giallo* han puesto en el primer punto que el investigador, en la recopilación de indicios y en el conocimiento de los hechos, no debe estar por delante del lector. Lector e investigador, al menos hasta cierto punto, deben jugar con las mismas armas. Y, por tanto, sabiéndolo hacer, el lector podría incluso sustituir al investigador y, en algún caso, anticiparse a él. Hay quien ha ido más allá proporcionando elementos al lector. En la advertencia que precede a sus relatos bajo el título de *Variaciones en rojo*, el argentino Rodolfo Walsh, luego *desaparecido*, señala al lector las páginas en las cuales están todos los elementos necesarios para resolver los casos policiales. Basta saber leer e interpretar. Creo que precisamente en este sentido Sciascia ha hablado de honestidad a propósito de la literatura policíaca. Pero volvamos a Italia. A estos primeros autores italianos se les añaden decenas en los años inmediatamente posteriores. No es sólo por el éxito que obtienen, sino también porque una ley del gobierno fascista impone que, en el catálogo anual de las editoriales, al menos una quinta parte de los libros sea de italianos vivos. Se desencadena así una especie de caza del autor de novelas policíacas, con el inevitable descenso del nivel. Ahora bien, debe notarse que, aunque sean autores italianos, éstos prefieren ambientar sus historias fuera de las fronteras nacionales. Alessandro Varaldo, en un artículo titulado «Drama y novela policíaca», escribe una especie de manifiesto del *giallo* a la italiana y lo concluye con esta pregunta: «Como los autores ingleses nos han acostumbrado a considerar de casi dominio público Piccadilly y el Strand, como los autores estadounidenses nos habitúan a la Quinta Avenida y a los barrios de Brooklyn, como gracias a los escritores extranjeros nosotros conocemos palmo a palmo sus naciones, ¿no os parecería una excelente idea que también nuestros escritores, en especial aquellos que tratan un cierto género de moda, hablaran un poco de Italia?». Una vía italiana a lo policíaco, pues. Y le hará eco, algunos años después, un gran *giallista*, Augusto de Angelis: «He querido y quiero hacer una novela policíaca italiana. Dicen que nos faltan los *detectives*, faltan los *policemen* y faltan los *gangsters*. Así será, de todos modos, a mí me parece que no faltan los delitos». Pero Alberto Savinio zanja: «El *giallo* italiano es absurdo por hipótesis. Ante todo, es una imitación y carga con todas las penas de esta condición infelicísima. Además de esto, al *giallo* italiano le falta, *et pour cause*, el romanticismo criminal del *giallo* anglosajón. Nuestras ciudades nada tentaculares y barridas por el sol "no hacen de marco" al *giallo*, ni puede "ambientarlo" nuestra buena burguesía. ¿Dónde están los monstruos del crimen, dónde están los reyes del delito?». Es interesante recordar cómo Gramsci, reflexionando sobre la novela policíaca y en particular sobre Chesterton, apuntaba su análisis sobre los elementos psicológicos del *giallo* antes que sobre su colocación y limitación geográfica. Varaldo y De Angelis mantienen sus intenciones. El primero crea la figura del comisario Ascanio Bonichi, que fuma cigarros, lleva bigotes, al que todos llaman «sor Ascanio» y que actúa en una Roma somnolienta y provinciana a pesar de los esfuerzos fascistas. ¿No os parece sentir un vago olor a *Zafarrancho*? Por su parte, De Angelis, que ya se había dado a conocer como excepcional cronista de un periódico, inventa al comisario De Vincenzi, ciertamente el personaje de investigador más logrado entre las dos guerras. De Vincenzi, que trabaja en Milán, en San Fedele, preferiblemente de noche, es un hombre de lecturas comprometidas, de Platón a Freud, de San Pablo a Lawrence, y en sus indagaciones tiene en cuenta tanto la lógica como las sugestiones, las sugerencias que le llegan de su sólida cultura. Pero, como he dicho, se cuentan con los dedos de una mano los escritores dispuestos a experimentar la vía italiana. Ezio D'Errico, autor relevante y comediógrafo puesto en escena por Strehler e incluido por Esslin en la corriente del teatro del absurdo, prefiere ambientar sus novelas en París. Su personaje es el comisario Émile Richard de la Sûreté, que tiene un solo gran defecto: es una especie de gemelo del comisario Maigret. Giorgio Scerbanenco también prefiere, en aquella época, que sus *romanzi gialli* se desarrollen nada menos que en Boston. El protagonista es Arthur Jelling, archivista de la dirección de policía. No se trata de autores xenófilos, xenófilos, si acaso son los lectores que entre un *giallo* extranjero y uno italiano prefieren comprar el primero, pero de autores prudentes. Saben que el fascismo no ve con buenos ojos el *romanzo giallo*, y que cuanto más grande es su éxito más numerosas son sus limitaciones. Se comienza por una directiva del Ministerio de Cultura Popular que indica textualmente: «El asesino no debe ser italiano». La dictadura no puede admitir que exista un italiano asesino.

Como ya desde hacía tiempo no se admitía el adulterio en el teatro ni en el cine y, en consecuencia, en el denominado período de los «teléfonos blancos», todos los triángulos amorosos eran ambientados, quién sabe por qué, en Budapest. De todos modos, proseguía la ordenanza, el asesino, aunque extranjero, «no puede huir de ningún modo de la justicia». En breve, se llega a la obligación de someter a la censura previa todas las publicaciones de naturaleza policíaca, consideradas nocivas porque exaltaban el delito y tenían sobre los lectores una influencia negativa. Además, sostenía el ministerio, se trataba de novelas que no tenían nada que ver con la literatura. Luego, los únicos autores extranjeros con derecho a publicar serían aquellos de los países que giran en torno al eje entre Roma y Berlín. El 31 de julio de 1941 llegó la orden de secuestro de todos los *romanzi gialli* impresos. En octubre del mismo año la colección mondadoriana cerró. El último título que se publicó fue *La casa inabitabile*, de Ezio D'Errico. Esa casa inhabitable era claramente Italia.

Recientemente, con ocasión del centenario del nacimiento de Georges Simenon, un autor italiano de considerable importancia escribió: «El *giallo* es conservador y es típico de una sociedad capitalista: en el delito hay una grieta de la sociedad que es colmada después del descubrimiento del culpable; así se cierra la grieta, y la imagen es la de una sociedad capitalista perfecta». Afirmación osadamente *zhdanoviana* o de Libro rojo, pero, según acabamos de ver en la sociedad no capitalista sino de régimen dictatorial, el *giallo* no existe sencillamente porque no se le permite que exista. No hay ningún *romanzo giallo* que se publique en la Alemania de Hitler, en la URSS de Stalin, en la China de Mao y tampoco con Franco en España, que yo sepa. La verdad es que el *giallo* no nace, florece y se desarrolla en las sociedades capitalistas, sino en las sociedades libres. Y, de hecho, miremos brevísimamente qué ha sucedido en Francia, en Inglaterra y en Estados Unidos en los mismos años que en Italia. En Francia, el éxito popular de las encuestas del comisario Jules Maigret, creado por Georges Simenon, fue pionero en las novelas no propiamente policíacas de este autor, que entre sus admiradores puede contar —aparte de con escritores muy alejados de él, como Céline— con la quintaesencia de la literatura francesa de aquel período, es decir, André Gide. Gide hizo que las puertas de la editorial Gallimard, templo de la denominada alta literatura, se abrieran para acoger a Simenon. Y éste, atemorizado por las inevitables polémicas, durante algunos años se cuidará mucho de escribir otras encuestas de Maigret. Pero, de todos modos, si la valla entre literatura y paraliteratura no se había abatido completamente, al menos se podía afirmar que un escritor de nivel seguía siéndolo cuando escribía *romanzi gialli*. En estos días en los que se celebra el centenario del nacimiento del escritor, ha llegado la noticia de que sus novelas, consagración máxima, serán acogidas en la Pléiade. Los *gialli* quedan excluidos sólo porque Fayard no ha querido ceder sus derechos. Para Estados Unidos me remito a un pasaje de los diarios de Gide: «He leído con vivo interés —y, por qué no atreverse a decir, con admiración— *El halcón maltés*, de Dashiell Hammett, del que ya había leído *Cosecha roja*. Diálogos escritos con absoluta maestría que nos remiten a Hemingway y hasta a Faulkner». «Hammett —ha escrito Raymond Chandler— restituyó el delito a la gente que lo comete por razones verdaderas y sólidas, y no simplemente para proporcionar cadáveres a los lectores. Puso sobre el papel a sus personajes tal como eran y los hizo hablar y pensar en la lengua que se usa, de costumbre, para estos objetivos.» Y a propósito de la cita de Gide, es necesario precisar que fue Hemingway quien declaró la gran deuda contraída con Hammett, deuda estrictamente literaria, sobre el modo de dibujar un personaje y hacerlo hablar en consecuencia. En resumen, en muchas novelas estadounidenses, las de Hammett y Chandler van a la cabeza, ocurre lo que en parte ha sucedido en las novelas de Simenon, es decir, la constitución de la narración —para usar las palabras de Todorov— «no ya en torno a un procedimiento de presentación, sino en torno al ambiente representado, en torno a personajes y actitudes particulares; en otras palabras, su característica constitutiva es temática». Se trata de la constatación de un auténtico giro. En otros términos, comporta dos consecuencias: la primera es que Chandler finalmente podrá escribir que la sombra del toldo le corta la cara a su personaje como una cuchilla de agua helada sin que ningún solícito editor tache la frase; la segunda es que el delito y su solución pueden pasar a un segundo plano, en primer plano se exponen el ambiente y los personajes que viven en él. Sin que aparecieran demasiados problemas de distinción entre literatura y paraliteratura, en 1935 el poeta inglés Cecil Day Lewis publica, firmándola como Nicholas Blake, una novela policíaca titulada *Cuestión de pruebas*. Suscita un gran escándalo por haberla ambientado en un *college*, y casi le cuesta la cátedra al autor. Day Lewis —junto a Stephen Spender, Louis McNeice y Wystan Hugh Auden, su principal representante— es uno de los cuatro caballeros de la poesía inglesa posteliotiana. Enseñante de poesía en Oxford, profesor en Harvard, poeta laureado, Day Lewis, siempre como Nicholas Blake, escribió una veintena de novelas policíacas de elegante escritura y muy fiel a la realidad sociopolítica del momento, dando forma al personaje del investigador Nigel Strangeways, modelado sobre la figura del poeta Auden. Entretanto, sin hacer demasiado ruido, en 1942, uno de los más sofisticados y refinados literatos del siglo xx, Jorge Luis Borges, escribe con Adolfo Bioy Casares los *Seis problemas para don Isidro Parodi*, relatos policíacos cuyo protagonista, el investigador, justamente don Isidro Parodi, es un tipo al que han detenido y condenado, aunque injustamente, a veinte años de cárcel. Borges, sobre el relato policíaco, escribirá agudísimos ensayos críticos y celebrará abarrotadas conferencias. Queriéndolo o no, se convertirá en el fundador de una determinada línea de novela policíaca que encontrará su mejor fruto en esa obra maestra que es *Rosaura a las diez*, de Marco Denevi, novela de altísima calidad literaria que desarrolla lógica y borgianamente una multiplicidad de soluciones plausibles.

Pero volvamos a Italia. En la inmediata posguerra, los oficiantes del *giallo*, los hacedores de novelas de enigma, parecen desaparecer del todo sumergidos en la avalancha de novelas y películas estadounidenses. En realidad, sobreviven porque emplean seudónimos extranjeros y ambientan sus historias sobre todo en una Norteamérica de cartón piedra. Valga por todos el ejemplo del torrencial Franco Enna (cuyo verdadero nombre es Francesco Cannarozzo), escritor no carente de cualidades iniciales, quien en más de cincuenta títulos que ofreció a la prensa hasta 1972 empleó nada menos que veinte seudónimos que sonaban a nombres estadounidenses y también, ¿por qué no?, finlandeses. La verdad es que el renacimiento del *romanzo giallo* tiene dos fechas muy precisas: 1957, cuando Carlo Emilio Gadda publica el volumen *El zafarrancho aquel de via Merulana* (que ya había aparecido en Letteratura en 1946-1947), y 1961, cuando Leonardo Sciascia lleva a la imprenta *El día de la lechuza*. Me parece que no puede haber dudas de que el libro de Gadda es un *giallo*. Se comete un delito y hay una indagación que lleva a cabo el comisario Francesco Ingravallo, llamado don Ciccio. No se descubre al culpable ni se lo condena, esas cosas no interesan a Gadda. Y, antes que a él, no han interesado a muchos otros *giallisti* extranjeros de calidad. Pero aparece la Roma fascista, hay personajes de nobles y de plebeyos, hay ritos y mitos observados a través de la mirada desencantada e irónica del comisario, hay, sobre todo, una búsqueda de lenguaje de resultados absolutos. Por lo demás, el mismo Gadda en la introducción de *Novela segunda* escribió: «Mi deseo es ser novelesco, interesante, conandoyliano. No en el sentido histriónico, sino con ademán íntimo y lógico». Antes de pasar a Sciascia, debo abrir un brevísimo paréntesis. En 1952, el escritor suizo Friedrich Dürrenmatt publica *El juez y su verdugo*, la primera obra de una fascinante trilogía de *gialli* donde el misterio resulta del todo impenetrable a una racionalidad lógica. Cierro paréntesis. En cuanto a Sciascia, Italo Calvino definió *El día de la lechuza* como un *giallo* que no es un *giallo*, y aún hoy el escritor es calificado, por la crítica oficial, como un autor que emplea las estructuras del *giallo*. ¿Qué sentido tiene esta frase? Sólo cobra sentido si se tiene una visión muy miope del *giallo*, reductiva e ignorante. Todo con tal de no admitir que Sciascia es un innovador, original, complejo escritor de *romanzi gialli*. Novelas que tienen un culpable que no puede ser encarcelado porque, de vez en cuando, el culpable es la sociedad, el Estado. Ha dicho Sciascia a propósito del *Zafarrancho*: «Gadda ha escrito el *giallo* más absoluto que jamás se haya escrito, un *giallo* sin solución, un zafarrancho. Que puede ser también entendido como una parábola, tanto frente a la realidad como ante la literatura, de la imposibilidad de existencia del *giallo* en un país como el nuestro: en que muchos conocen la solución de cualquier misterio criminal, los culpables —pero nunca la solución se hace *oficial* y nunca los culpables son, como suele decirse, entregados a la justicia». Es verdad: en los grandes misterios italianos a los cuales Sciascia parece referirse —y de Ustica a plaza Fontana, al caso Moro, a la masacre de Bolonia no hay más que la molestia de la elección— sería prácticamente imposible que los *giallisti* dieran una respuesta, pero hoy los *giallisti* están en condiciones de decir, de describir, de descifrar los ambientes y las situaciones, la tierra de cultivo, en resumen, del cual parecen surgir los brotes que llevan justamente a plaza Fontana o a la estación de Bolonia. Y aquí debo dar otra fecha: 1966, cuando el editor Garzanti publica la novela *Venus privada*, de Giorgio Scerbanenco, en la cual, abandonadas las ambientaciones bostonianas donde actuaba el archivista Arthur Jelling, se escribe una historia totalmente italiana, es más, milanesa. Sin Scerbanenco el *romanzo giallo* italiano habría tardado mucho en alcanzar la validez y la autenticidad actuales. El protagonista de sus historias es Duca Lamberti, médico inhabilitado por el Colegio que se ha pasado tres años en la cárcel. Trabaja en Milán como colaborador de un comisario amigo suyo. Pero la verdadera protagonista de sus novelas y de sus relatos es Milán, una ciudad negra y cruel, poblada de marginados no sólo de la sociedad, sino a menudo marginados de la misma razón. La violencia que narra Scerbanenco en los años en los cuales la sociedad italiana comenzaba a ser una sociedad consumista (¿recordáis cómo era beber en Milán?) pareció, a muchos, exagerada, desmedida. Los años siguientes, los mismos que estamos viviendo, habrían dado toda la razón a este extraordinario escritor dotado de una narración personalísima, persuasiva y absorbente. Scerbanenco ha organizado la mirada de los escritores italianos, ha enseñado cómo mirar con ojos absolutamente desprovincializados las ciudades y su tejido social.

Y así, iluminados por la luz negra de Scerbanenco, Loriano Macchiavelli, Carlo Lucarelli y Francesco Guccini nos han mostrado verdades ocultas de Bolonia y sus alrededores; Marcello Fois ha podido escribir sobre su Cerdeña secreta, Massimo Felisatti y Fabio Pittorru nos han dibujado el rostro violento de Roma, Fruttero y Lucentini mostraron aquello que se esconde detrás de la fachada burguesa de Turín, Massimo Carlotto nos ha contado cómo el paisaje del noreste es menos dulce de lo que parece, Renato Olivieri nos ha conducido por las calles de una Milán dulcemente stendhaliana, pero donde impera el Dios dinero, Santo Piazzese y Domenico Cacopardo nos han descrito una Sicilia aún totalmente por descubrir. Se trata de un fenómeno no solamente italiano, sino europeo. Para saber hoy cuál es la situación socioeconómica de Suecia o para conocer los problemas de España, los *gialli* de Henning Mankell y de Manuel Vázquez Montalbán sirven mejor que un dogmático ensayo reservado a especialistas. Ha escrito recientemente Cesare Cases: «Nos complace que el *giallo*, considerado hasta ahora prerrogativa del área anglosajona, se haya asentado firmemente en la mediterránea en su forma más auténtica sin dejar de aspirar a una forma superior. Andrea Camilleri, Alicia Giménez Bartlett y

Manuel Vázquez Montalbán son ejemplos de ello». Me permito añadir, a modo de conclusión, dos cosas a las palabras del ilustre estudioso. La primera es que, para completar el cuadro del área mediterránea, es absolutamente necesario mencionar al marsellés Jean-Claude Izzo, precozmente desaparecido, al griego Petros Márkaris y al marroquí Driss Chraïbi. La segunda es que, a mi modesto y al mismo tiempo inmodesto parecer, hace tiempo que hemos dejado de aspirar a una forma superior. Los mejores escritores de *romanzi gialli* ya han llegado, a esa forma, sea la que sea. La mejor defensa del color amarillo consiste en la propuesta de la abolición, en literatura, de este color.